시의 나라에는 매혹의 불꽃들이 산다

시의
나라에는
매혹의
불꽃들이
산다

문정희
산문집

민음사

시는 나의 몸,
황홀하고 고독한 춤 속에서 만난
모든 인물과 장소에게

2020년 2월
문정희

차례

메종드라포에지

낭트의 '메종드라포에지'(시의 집)와 파리에서 열리는 '마르셰드라포에지'(시의 시장)에 참가하기 위해 서울을 떠날 때였다. "프랑스의 퍼스트레이디가 대통령보다 스물네 살 연상인 것 아시죠? 한국 시인의 자존심을 걸고 프랑스에서 젊고 멋진 사랑을 꼭 한번 만나시길 바라옵니다." 한 후배 시인이 유머를 섞어 주문했다. 즐거운 농담이지만 그런 눈부신 축복을 쉽게 만날 수 있을까. 별 기대 없이 번역 시집 몇 권과 마음에 드는 머플러 몇 개를 트렁크에 넣고 프랑스행 비행기를 탔을 뿐이다.

해외 문학 행사에 참가할 때마다 강박증처럼 따라다니는 의식은 한국문학의 세계화 같은 게 아니라 어떻게 하면 좀 더 자연스럽게 다른 언어권에 스며들 수 있을까 하는 것이었다.

가끔은 훌륭한 낭송과 청중의 품격이 언어의 한계를 잊게 해 주기도 했다.

　몇 차례의 리허설 후 낭트의 르리외 유니크(LU, 독특한 장소) 문화예술극장에서 낭송의 밤이 열렸다. 원래 과자 공장이던 건물을 현대예술센터로 변신시켰다는 극장은 루아르강 가에 자리 잡아 더욱 운치가 있었다. 시 낭송은 부뤼노 두세의 과분한 소개로 시작되었다. 라데팡스 콩쿠르 최고상 수상자인 콘트라베이스 연주자 세바스티안의 연주와 배우 클로딘과 함께 시 낭송이 진행되었다. 먼저 클로딘이 프랑스어로 읽고, 그 다음에 내가 한국어로 낭송하기로 했다. 극장 안은 관객으로 가득 찼다. 입장료가 3유로이지만 시 낭송을 듣기 위해 모인 프랑스 청중으로 극장 안이 빈자리 없이 채워지는 것을 보며 기쁨이 울컥 치밀었다.

　번역 시집 『찬밥을 먹던 사람』에서 열 편을 골랐다. 한 편 한 편 호응이 뜨거웠다. 솔직히 말해 번역의 힘이 컸다. 생명의 아름다움과 덧없음을 노래한 「알몸 노래」와 사랑 시 「당신의 냄새」를 낭송한 후, 여성으로서 유방을 검진하며 존재의 절대적 자아를 자각하는 시를 읽을 때 콘트라베이스는 깊은 음률로 심장을 파고들었다. 죽음을 앞둔 어머니의 손톱을 자르며 인생의 허무와 유한을 표현한 시를 차례로 읽었다. 연출가로도 유명한 배우 클로딘이 눈물을 글썽였다. 인류 보편적인 주제에 대한 공감도 있었지만 다른 문화를 적극적으로 수용하고 즐기려는 프랑스인들의 열린 태도가 감동스러웠다. "자! 두 마리의 물고기가 푸른 바다로 뛰어듭니다. 물고기들이 맘껏 바다를 헤엄칩니다. 콘트라베이스는 푸른 파도를 만들어 줄게요." 리허설에서 세바스티안의 주문은 한 편의 시 같았다.

낭트는 18세기 노예무역 이후 조선업과 제조업, 물류업 등으로 번성하다가 현재는 골목마다 거리마다 예술 감각이 빛나는 도시로 거듭났다. 낭트 대학 사회교육원에서 열린 세미나에 초대되었을 때 여성 과학자, 의사, 교수 등 프랑스의 원로 지성들이 보여 준 진지한 독후감들은 국적, 언어, 인종이 아니라 지구라는 공간에서 슬퍼하고 기뻐하며 살아가는 인간의 넘치는 사랑을 실감하게 했다.

낭트의 평화로운 햇살을 뒤로하고 파리로 왔다. 파리 행사의 첫날 낭테르 문화회관에서 열린 '시의 밤'에 「곡비」 등 몇 편을 낭송했다. 같은 무대에 선 인도 출신의 프랑스 여성 작가는 자신의 소설 한 대목을 낭송했다. 그녀는 갈리마르 출판사에서 출판된 소설책을 들고 나와 자부심이 강한 어조로 난민과 테러 문제를 언급했다.

다음 날 생제르맹데프레에 있는 생쉴피스 성당 앞에 드디어 펼쳐진 '시의 시장'에 나갔다. 프랑스가 품고 있는 시의 열기를 고스란히 담은 행사였다. 200여 개 부스에 진열된 세계의 시집들은 새롭고 개성이 넘치는 주제와 디자인과 감각을 뽐냈다.

자본과 시장의 논리가 제일 먼저 밀어낸 것이 시가 아니었던가. '시의 시장' 입구를 들어설 때마다 테러 방지를 이유로 가방 조사를 당하며 이 폭력과 삭막함과 비인간화가 바로 시를 잃어버린 데서 기인하지 않았을까 하는 생각을 했다. 프랑스 독자들에게 한글로 사인을 해 주다 말고 문득 한국의 '예술인 블랙리스트 사태'가 떠올라 혼자 씁쓸히 웃었다.

낭송한 시 중 「꽃의 선언」은 한국보다 프랑스에서 더 큰 관심을 받았다. 스물네 살 연하와의 사랑이라니! 그 연하가 대통령이 된 나라에 와서 사랑 시를 낭송했다. 남자 대신 파리에 빠진 셈이다. 헤밍웨이의 『파리는 날마다 축제』처럼 생애 어디에 가든 함께할 아름다운 시 축제의 기억! 나의 허영심에 딱 어울리는 추억 중 하나가 될 것이다.

꽃의 선언

내가 원하는 방식대로

나의 성(性)을 사용할 것이며

국가에서 관리하거나

조상이 간섭하지 못하게 할 것이다

사상이 함부로 손을 넣지 못하게 할 것이며

누구를 계몽하거나 선전하거나

어떤 경우에도

돈으로 환산하지 못하게 할 것이다

정녕 아름답거나 착한 척도 않을 것이며

도통 하지 않을 것이며

그냥 내 육체를 내가 소유할 것이다

하늘 아래

시의 나라에

내가 피어 있다

차나무 숲과 드라큘라성이 보이는 호텔

검정 표지에 한 여인이 아이를 안고 비통하게 울부짖고 있다. 『우리는 목격자다』. 코소보를 취재한 동구의 시인 S가 준 책이다. 마른 잎 두 개를 매단 차나무 가지가 책갈피처럼 끼워져 있었다.

중세 루마니아의 거리가 되살아났다. 어디선가 수탉 우는 소리가 들리는 듯했다. 저녁 어스름이 꿈결처럼 깔린 14세기의 거리를 걷고 있을 때 그날 처음 만난 S가 가로수 숲길에서 차나무 가지 하나를 꺾어 내게 주었다. 루마니아 정부의 초청으로 모인 작가들 중 한 사람이었다. 우리는 부쿠레슈티 예술 회관에 모여 첫인사를 나눈 후 곧장 버스를 타고 이 중세 도시 쿠르테아데아르제슈에 와 짐을 풀었다. 호텔 포사다에서 남은 일정이 진행될 예정이라고 했다. 일명 '드라큘라성'으로 알려진 브란성이 부근에 있었다. 별빛이 희미한 초여름 밤이었다.

　음악이 흐르는 연회장은 만찬 전부터 분위기가 무르익어 갔다. 공식적인 공기가 무거워 슬며시 호텔을 나와 차나무들이 우거진 밤거리를 홀로 걸었다. 그때 따라 나온 시인이 S였다. 여행이 주는 마법의 힘을 실감하고 속으로 웃었다. 멀리 두고 온 서울이 까마득했다. 겨우 하루가 지났는데 한국을 고국이라고 불러야 할 것 같았다. 내 곁에 어깨를 나란히 하고 걷는 이 이방의 사내는 누구인가. 처음 만난 사람이 꺾어 준 차나무 가지를 받아 들며 잠시 혼돈에 빠졌다. 정중한 그의 태도에 괜히 오만하고도 호사한 기분이 들었다. 드라큘라는 아일랜드 작가 브람 스토커의 소설 속 인물이라는 것을 알면서도 오늘 밤 나에게도 드라큘라가 나타나 피를 흡혈해 가지 않을까 하는 생각이 스쳤다. 비밀처럼 차나무 가지를 안고 연회장으로 돌아왔다.

　독일 여성 작가가 낮에 본 독재자 차우셰스쿠의 대통령궁을 광기의 산물이라며 큰 목소리로 비판했다. 거대한 궁전을 보며 실은 나도 좀 으스스했었다. 그 작가는 타일 조각가이기도 해서 베를린에 있는 브란덴부르크 문에 붙인 타일을 제작한 사람 중 하나라고 한다. 디너 테이블에 둘러앉은 작가들은 독일 감독 빔 벤더스의 「베를린 천사의 시」와 「부에나비스타 소설 클럽」, 여성 감독 아그네스 바르다, 리나 베르트뮐러 등에 대해 얘기를 나누었다. 저쪽 테이블에서 S가 가끔 내 쪽을 바라보았다. 이상하게도 차나무 가지와 함께 내 생이 서서히 말라 가고 있는 듯했다.

사흘 후 공식 일정을 마치고 쿠르테아데아르제슈 거리를 떠나왔다. 하필 드라큘라성을 방문하는 날이었다. 드라큘라의 어원이 드래곤(dragon)이라는 설을 믿어서만은 아니지만 치명적인 이빨과 어둠을 보고 싶었던 것은 사실이었다. 그러나 부쿠레슈티를 거쳐 서울로 돌아오는 비행기 일정을 미루지는 못했다. 호텔을 일찍 나서 주최 측에서 제공한 차로 해바라기밭이 끝도 없이 펼쳐지는 길을 달렸다. 태양 아래 온통 해바라기뿐인 시골 벌판이었다. 1996년에야 국민투표를 통해 공산주의 정부를 물러나게 만든 루마니아는 이름 그대로 낭만적인 힘을 이제야 내뿜는 것 같았다.

아침에 루마니아 작가 동맹 대표가 웃으며 건넨 신문 1면이 인상적이었다. 작가들의 축제가 크게 소개되었는데 하필 내가 시 낭송을 하는 장면이 클로즈업되어 있었다. "세계에서 온 작가들을 매우 만족스럽게 해 준 축제"였다는 사진 설명을 듣기 전까지는 내 문학에 대한 찬사인 줄 알고 잠시 우쭐했다. 독재 시대의 그늘을 언론이 다 지우지 못하고 있다는 생각이 들어 실소했다. 그런 생각 중에 문득 만개한 해바라기밭을 달리고 달리던 운전기사에게 큰 소리로 말했다.

"포사다 호텔로 차를 다시 돌려 주세요. 중요한 것을 두고 왔어요."

이미 이십여 분을 달린 뒤라 운전기사는 어리둥절해했다. 운전기사는 벌레 씹은 표정으로 차를 돌렸다. 포사다 호텔에 보랏빛 머플러를 두고 온 것 같았던 것이다.

그사이 이렇게 멀리 왔었나? 드디어 쿠르테아데아르제슈 거리와 호텔이 다시 나타났다. 차에서 내려 뛰다시피 5층 방으로 올라갔다. 레이스 커튼 사이로 아침 햇살을 가득 머금은 방은 내가 조금 전에 빠져나온 그대로였다. 어제 저녁 꽂아 둔 해바라기가 꽃병에 꽂혀 있을 뿐 보랏빛 머플러는 어디에도 없었다. 조식 식당으로 내려갔다. 거기에도 머플러는 없었다. 호텔 앞에 작가들을 실은 버스가 드라큘라성을 향해 막 출발하려다 말고 시동을 건 채 멈추어 섰다. 버스에서 키가 큰 남자가 성큼 내렸다. 차나무를 꺾어 준 S였다. 손을 내미는 그의 눈이 참 많은 말을 하는 것 같아 나도 말을 붙였다.

"머플러를 두고 가서 다시 돌아왔어요…… 여기 당신의 심장에."

뒷말은 물론 입 밖에 내지 않았다. 작가들을 태운 버스는 드라큘라성을 향해 천천히 움직이고 내가 탄 차는 다시 부쿠레슈티를 향해 움직이기 시작했다.

신비하고 아름다운 14세기 거리 쿠르테아데아르제슈, 피가 도는 몸으로 다시 만날 수 있을까? 루마니아 벌판에 핀 해바라기들은 광기를 내뿜는 듯 온몸을 흔들었다.

　나중에 트렁크를 열었을 때 보랏빛 머플러가 비밀처럼 숨을 죽이고 나를 빤히 바라보고 있었다.

박경리를 알았던 시간

작가는 육체적 생명이 끝날 때가 아니라 작품이 잊힐 때 죽는 것이라고 한다. 그렇다면 박경리 선생에게 죽음은 어울리지 않는 단어다.

선생을 처음 만난 날 나는 신인이었고 선생은 마흔 중반을 넘긴 중견 작가였다. 『파시』, 『김약국의 딸들』, 『시장과 전장』 등으로 유명했지만 그 유명세에 비해 소박하고 자연스러운 모습에 놀랐다. 1970년대 초 박경리의 소설 『시장과 전장』에 나오는 주인공 이름에서 땄다는 시청 앞 '가화 다방'에 자주 갔다. 박경리 선생도 그곳의 단골이라고 했지만 직접 만나지는 못했다. 선생을 직접 만난 것은 현대문학사의 김수명 선생과 함께한 자리가 처음이었다. 그날 우리에게 외동딸의 약혼 사진을 꺼내 보여 주었다. 선생은 "영주 예뻐?" 하며 웃었지만 사진 속에는 문제의 시인 김지하가 사위로 앉아 있었다. 폭풍처럼 밀려오는 운명을 받아들이는 의연함 같은 것이 있었다.

곧 『토지』의 연재가 시작되었다. 후에 남몰래 큰 병을 치른 뒤에 옥바라지하는 딸이 사는 원주로 거처를 옮겼다는 소식을 신문에서 읽었다. 원고지와 펜 하나로 삶과 문학의 산맥을 비장하게 넘기 시작한 것이다. "내게서 삶과 문학은 밀착되어 떨어질 줄 모르는 징그러운 쌍두아였더란 말인가."라는 문장의 『토지』 1부 자서를 읽은 것은 또 그 후였다.

시인이기도 했던 선생은 토지문화관에 가면 직접 나와 손을 잡아 주고 손수 반찬을 만들어 거기에 묵는 작가들에게 나눠 주곤 했다. 언젠가 한번은 특강을 하러 간 나를 당신 방에 데리고 가 차와 과일을 함께하며 "낮추어도 낮추어도/ 우리는 죄가 많다/ 뽐내어 본들 도로무익/ 시간이 너무 아깝구나" 하는 시가 실린 시집 『우리들의 시간』에 사인을 해 주었다.

때로는 채마밭에서 병든 흙과 열매를 보여 주며 울분을 토했다. 참 늙지 않는 분이었다. 펄펄 끓는 작가 혼 때문에 나이나 세속의 이력이 잘 보이지 않아 그럴 것이다. 철저한 자기 완성, 투철한 작가 혼만 보이는 작가. 어떻게 늙을까를 고민했던 그때 나는 선생의 모습에서 해답의 일단을 보았다. 늙은 여인은 안 보이고 치열한 작가가 보이는 삶, 삶과 문학을 그렇게 완성하면 좋을 것 같았다. 고독과 고통을 자양으로 문학이라는 대하를 건너는 작가면 되지 않을까.

　　많은 시간이 지난 어느 날 칠레에 갔을 때 50페소 지폐에서 여성 시인 가브리엘라 미스트랄의 얼굴을 보았다. 박경리 선생이 '가브리엘라 미스트랄상'을 수상한 기억 때문에 더욱 그 지폐가 반가웠다. 우리 시대의 문학이 가슴 벅차고 이 땅의 여성 작가 됨이 자랑스럽다면 그것은 많은 부분이 박경리 선생의 힘이다. 감상이나 정서가 범람하는 속에서 청승을 떨지 않고 작품마다 자신의 생애를 던진 선생의 카랑한 목소리가 들리는 듯하다.

아우내에서의 만남

민족과 애국을 말하는 데 서툴다. 이념을 소리쳐 주장하는 데도 서툴기는 마찬가지다. 그럼에도 10여 년이라는 짧지 않은 시간을 비극적인 역사 속에서 순열하게 빛난 자유혼 하나를 끌어안고 밤마다 고통스럽게 시에 몰두한 적이 있다. 장시 「아우내의 새」를 쓰기 위해서였다. 「아우내의 새」는 그러므로 식민지 시대에 비극적으로 죽어 간 어린 애국 열사에 대한 예찬의 시라기보다 엄혹한 시대를 통과하며 숨죽였던 나의 한계와 슬픔에 대한 고백이며, 젊은 내가 그토록 동경하던 자유혼에 대한 헌사인지도 모른다.

스물두 살에 등단하고 대학을 졸업한 후 서울 변두리 야간 여자고등학교 교사가 되었다. 어느 날 흐린 전등불 아래서 열여섯 살 또래의 어린 여학생들에게 시를 가르치다가 문득 이런 생각에 사로잡혔다. 저 소녀들만큼 어리고 맑은 눈동자를 지닌 유관순의 이름 뒤에 누나라거나 열사라는 말을 붙여도 되는가. 유관순 누나, 유관순 열사로 부르는 순간 그녀의 진정한 정신과 순열한 자유의 피를 만날 수 없게 되지 않을까.

순국 소녀 혹은 애국지사 유관순은 관념적이고 우상화된 역사의 대상이 되어 교과서 속에 고정되어 있음에 틀림없다. 그것은 진정한 역사로서 그 의미를 상실했다는 생각이 들었다. 곧바로 자료를 뒤지고 여기저기 흩어진 기록을 모으기 시작했다. 자유를 꿈꾸는 유관순을 시로서 부활시키고 싶었다.

1975년 초봄, 충청남도 천원군 아우내 장터와 지령리 생가와 그녀가 횃불을 밝힌 매봉을 찾았다. 그리고 그녀가 자란 골목과 교회와 우물과 피를 나눈 사람들을 만나 손을 잡아 보았다. 유관순의 어린 동생 관복과 관석은 하얀 노인이 되어 있었다. 생가 터 나무 아래 햇볕을 쪼이는 깃털처럼 가벼운 노인의 멍한 눈망울에서 독립 만세를 부르다 생명을 빼앗기고 풍비박산된 식민지 가족의 비극을 아프게 실감했다.

점점 시적 거리감을 유지하기 힘들었다. 취재를 하고 시를 쓸수록 차오르는 슬픔과 분노를 억제할 수가 없었다. 당시 유관순이 산길을 넘으며 도둑이나 짐승이 나올까 봐 큰 목소리로 불렀다는 초기 찬송가를 구해서 옛날식 번역 문체대로 불러 보기도 했다. 열여섯 살의 죽음, 사인은 자궁파열……. 파낼수록 두렵고 떨리는 사실들이 발견되었다. 나는 밤새워 시를 썼고 아침이면 다시 찢었다. 1000매에 육박하는 원고를 써 놓고 결국 절망에 빠지고 말았다. 그것은 시가 아니라 절규였기 때문에.

1980년대가 되었다. 군사독재는 점점 더 거칠게 시대의 숨을 틀어막았다. 아아! 하는 신음이 없이는 떠올리기 힘든 5월 광주의 후유증으로 매사가 거칠고 우울한 시절이었다. 뜻밖의 기회를 만나 미국 뉴욕대 대학원으로 떠났다. 2년 동안 미국에 체재하면서 부딪치고 깨지며 다양한 것을 배웠다. 미국은 우리가 그토록 목메어 부르던 자유가 거리에 굴러다니는 나라였다. 나는 예전의 나와 조금 다른 나이테 하나를 품게 되었다.

돌아오자마자 깊이 묻어 두었던 『아우내의 새』 원고를 꺼내 다시 쓰기 시작했다. 공교롭게도 그해 '부천서 성 고문 사건'이 일어났고, 그 사건은 원고 개작에 더욱 박차를 가하는 계기가 되었다.

막연하게 이어지는 서사시가 아닌, 각 장을 독립된 시 한 편으로 읽어도 좋을 마흔두 개 장면을 설정하여 장시를 완성했다. 「막을 여는 노래」와 「막을 닫는 노래」로 첫 장과 마지막 장을 채웠다.

그 후 『아우내의 새』는 개정판에 이어 2019년 11월 개정 증보판을 냈다. 2019년 3·1운동 100주년을 맞아 대한민국역사박물관에서 「음악이 있는 시 낭송」으로 제작 공연되었다. 관순의 역사적 비극이 하나의 초월적 신성으로 승화되는 과정이라고 믿는다.

기생의 노래, 다른 이름으로

　　시인의 모국은 슬픔의 나라다. 조선 시대의 기녀 시인들은 그런 의미에서 시를 쓰기에 가장 알맞은 땅에서 사랑과 이별의 정한을 읊다 간 시인들인 것이다. 그들은 사대부 시에 비해 오히려 뛰어난 문학적 성취가 있음에도 여성이라는 이유로 유보 조항으로 밀쳐졌고 기생이라는 특수 신분 때문에 늘 따로 취급된 시인들이다. 봉건시대를 산 여성 시인들의 작품이 문학사에서 정식으로 거론되지 않은 것은 무엇보다 문학사의 손실이 아닐 수 없다.

　　조선 기녀들의 시편들을 한데 모아 『기생시집』을 낸 것은 그런 이유에서다. 신라의 화랑부터 고려의 여악에 이르기까지 역사도 고찰해 보았다. 기녀들의 작품은 주연 석상에서 즉흥시로 읊은 탓에 구전으로 전할 뿐 문자로 남겨질 수 없었고 한시를 패러디한 시도 다수여서 논란의 여지가 있었다. 하지만 더 잊히고 소멸되기 전에 모아 정리하는 것이 더 중요한 일이었다.

조선 시대 작품 중에서도 가장 수작이라고 할 시가를 남긴 황진이를 비롯해 매창, 운초, 진옥 홍랑 등 빼어난 시인이 참 많다. 미국 뉴욕의 출판사 '보아 에디션스'에서 나온 『기생의 노래(Songs of the Kisaeng)』의 번역자가 마침 나의 시집 『윈드플라워(Windflower)』를 번역한 최월희 교수여서 영역 시집을 읽고 객관적이고 넓은 시각으로 기생 문학을 다시 한번 바라볼 수 있었다.

이탈리아 베네치아의 카포스카리 대학 초청으로 가을과 겨울을 베네치아에서 보내는 동안 학생들에게 황진이를 소개했다. 물의 도시인 만큼 특강 주제는 '한국 시에 나타난 물의 이미지'로 정했고 황진이의 유명한 시 「청산리 벽계수야」를 함께 읽었다. 떠나가는 벽계수 장군을 물에 비유하여 되돌릴 수 없는 시간을 그린 시다. 물론 또 다른 물의 이미지로 졸시 「물을 만드는 여자」에서 생명의 원형으로서 물과 여성의 몸을 소개하기도 했다. 마침 나를 초청한 빈첸차 두르소 교수가 한국 기생 시 관련 논문을 써서 더욱 자연스러웠다.

베네치아에도 역사적으로 유명한 기녀 시인들이 있었다. 자유로운 영혼으로 사랑을 나눴음은 물론 당시 남성의 전유

물인 책을 읽고 시를 쓰던 베로니카 프랑코. 그녀의 전설은 영화로 제작되어 카사노바의 사랑 이야기와 함께 지금까지 살아 있다. 시인 릴케에게 영감을 주었고 베네치아의 수호성인 중 한 사람으로 꼽히는 가스파라 스탐파는 매춘부 시인이다. 릴케는 베네치아에서 가까운 두이노성에서 쓴 『두이노의 비가』에서 직접 그녀의 이름을 거명하며 찬미한다. 릴케의 표현을 보면 스탐파는 사랑에 버림받고도 오히려 더욱 깊이 사랑했던 여인이다.

최근 성매매 노동자이자 작가인 넬리 아르캉을 주제로 시 한 편을 썼다. 캐나다 퀘벡 출신으로 2009년 36세로 자살한 여성이다. 프랑스 메디치상과 페미나상을 수상한 재능 있는 작가였지만 마약과 폭력이 난무하는 세계에서 짧은 생을 살다 갔다. 기녀, 기생, 창녀, 매춘부…… 그들의 직업을 무어라 표현하면 좋을까. 무엇보다 기생 혹은 창녀라는 이름으로 그들의 문학과 예술을 따돌리는 것은 요절만큼이나 큰 손실일 것이다.

물을 만드는 여자

딸아, 아무 데나 서서 오줌을 누지 마라
푸른 나무 아래 앉아서 가만가만 누어라
아름다운 네 몸속의 강물이 따스한 리듬을 타고
흙 속에 스미는 소리에 귀 기울여 보아라
그 소리에 세상의 풀들이 무성히 자라고
네가 대지의 어머니가 되어 가는 소리를

때때로 편견처럼 완강한 바위에다
오줌을 갈겨 주고 싶을 때도 있겠지만
그럴 때일수록
제의를 치르듯 조용히 치마를 걷어 올리고
보름달 탐스러운 네 하초를 대지에다 살짝 대어라
그러고는 쉬이쉬이 네 몸속의 강물이
따스한 리듬을 타고 흙 속에 스밀 때
비로소 너와 대지가 한 몸이 되는 소리를 들어 보아라
푸른 생명들이 환호하는 소리를 들어 보아라
내 귀한 여자야

내가 나의 신입니다,
이 가을날

이곳에 온 지 얼마 만인가. 드디어 첫 줄을 썼다.

"내가 나의 신입니다. 이 가을날"

그리고 조금 울었던 것 같다.

뉴욕주 북부의 겐트에 있는 레딕하우스에 머물 때였다. 세계 각국의 기업들이 재능 있는 예술가에게 주는 선물이라는 안내문이 말하듯 그곳은 여러 경로로 후원받은 작가, 화가, 작곡가, 안무가 들이 창작을 위해 머무는 예술가의 공간이다.

완전한 홀로를 절실하게 갈망하던 차에 그곳에 가게 되었다. 극지의 고립. 이런 상태를 그리워하고 있던 나에게 알맞은 곳이었다. 서울의 소음과 속도를 떠나 마치 산소호흡기를 달고서 구급차를 타고 온 환자처럼 당도했다. 열네 시간이 넘는 비행 후 케네디 공항에 내려 다시 두 시간 삼십 분 동안 자동차를 달려 마침내 북부 뉴욕 허드슨 리버 밸리의 한 방을 차지할 수 있었다. 창밖으로 끝도 없이 펼쳐진 초록의 평화와 캐츠킬산맥이 완벽한 한 장면의 풍경으로 다가들었다. 비명이 나올 만큼 아름다운 가을이었다.

하지만 곧 이곳이 창작에 적합한 곳이 아니라는 것 또한 알았다. 오직 숨 막히는 적막이 넘실거릴 뿐이어서 쉽게 몸을 가눌 수가 없었다. 몸은 이미 소음과 속도에 길이 들어서 고요와 고립을 비정상이라고 느끼는 것 같았다. 멀리서 사슴이 뛰어놀고 아침저녁으로 부드러운 안개가 깔리고 바람이 지나가면 사과나무가 빨갛게 익은 사과를 땅에 떨어뜨렸다. 120헥타르의 넓고 푸른 초원과 구릉, 그 옆 숲 언덕을 넘어가면 세계적인 거장들의 작품이 띄엄띄엄 전시된 야외 조각 공원이 있었다. 호수 위에 설치해 놓은 작품도 있었다. 값으로 따질 수 없는 최고의 컬렉션이었다. 좀체 현실이라고 믿어지지 않는 풍경이었다.

다시 적막이라는 공포와 아름다움이라는 허황함을 맞닥뜨리고 말았다. 고통스러운 물음이 또 다른 형태로 나를 들볶기 시작했다. 작가들은 낮에 죽은 듯이 틀어박혀 각자의 언어로 글을 쓰다가 밤이 되면 마당에 세워 둔 낡은 지프차를 몰고 다운타운으로 나갔다. 당구를 치거나 영화를 보고 마을 카페에서 젊고 건장한 농부들 사이에 끼어 술을 마셨다. 모두가 한동네 사람처럼 친밀해졌다.

거기서 글을 한 줄도 쓰지 못한 상태로 비틀거리고 있었던 것이다. 암스테르담, 리스본, 바르셀로나 등에서 온 작가와 친했지만 누군가와 맹렬하게 한국말을 좀 하고 싶었다. 그 와중에 글 감옥에서 좋은 시를 쓰라며 친구가 보내 준 죄수복 패션의 옷을 입고 '나를 표현하는 나의 언어'인 한국어를 매일같이 원죄처럼 굴리고 생각했다. 레딕하우스의 나날은 아름다움과 적막 속에서 고통과 고독으로 물드는 시간이었다.

어느 새벽이었다. 침대 위로 스르르 차가운 뱀이 지나가고 있었다. 퍼뜩 뒷산에서 내려온 것이구나 하는 생각이 들어 소스라치며 몸을 일으켰다. 코피가 흘러 마치 꽃뱀의 긴 몸뚱어리처럼 꿈틀거리고 있었다. 이렇게 시작된 코피는 2주가 지나도 멈추지 않았다. 이토록 두렵고 무서운 코피는 처음이었다. 시시각각 죽음이 곁으로 다가오는 것 같았다. 도시의 소음과 미친 속도가 더욱 그리웠다.

마침 뉴욕 시내에 사는 여성 작가의 남편이 집필 중인 아내를 만나러 왔다. 그녀가 집에 두고 온 개를 보고 싶어 해서 데리고 온 참이었다. 뉴욕으로 돌아가는 소설가의 남편 차를 얻어 탔다. 사자만 한 개가 식식거리는 자동차 구석에 앉아 휴지로 연신 코피를 닦으며 뉴욕에 도착했다. 낯익은 거리를 걸으면서 속으로 "엄마! 어디 있어! 나 여기 있어!" 같은 말을 한국어로 읊조렸다. 맨해튼의 밤하늘을 오래오래 쳐다보았다.

하루 밤, 하루 낮을 뉴욕에서 보내고 다시 레딕하우스로 돌아왔다. 마침 미국의 유수한 출판인들이 작가들을 만나러 오는 날이었다. 다음 날에는 한국어 시 낭송이 예정되어 있었다. 그렇게 또 얼마가 지났다. 결국 멈추지 않고 흐르는 코피에 쫓기어 서울행 비행기를 탈 수밖에 없었다. 뉴욕 공항에서 탑승 수속을 마치고 로비에 앉아 이렇듯 목숨을 걸고 쓴 시 「사람의 가을」을 꺼내어 가만히 소리 내어 읽어 보았다.

이 시를 만나려고 여기까지 온 것인가. 지금도 이 시를 읽으면 허드슨 리버 밸리에 있는 국제예술센터 아트 오마이가 소리를 치며 달려든다. 고독과 광기와 뱀과 피가 이상하게 가라앉아 투명한 언어로 다가드는 시다. 존재로서의 언어, 한국어로 시를 쓰는 시인으로서의 운명과 자각도 느껴진다.

한국어가 언어로서 매우 특별하다는 것 또한 그때 여러 외국어들 속에서 발견했다. 새, 별, 꽃, 잎, 산, 옷, 밥, 집, 땅, 피, 몸, 물, 불, 꿈, 섬…… 너, 나. 한 사물, 한 개념의 단어를 한 음으로 발음할 수 있는 언어는 드물지 않을까. 그런 언어로 어찌 시를 쓰지 않으랴.

사람의 가을

내가 나의 신입니다. 이 가을날
내가 가진 모든 언어로
내가 나의 신입니다.
별과 별 사이
너와 나 사이 가을이 왔습니다.
맨 처음 신이 가지고 온 검으로
자르고 잘라서
모든 것은 홀로 빛납니다.
저 낱낱이 하나인 잎들
저 자유로이 홀로인 새들
저 잎과 저 새를
언어로 옮기는 일이
시를 쓰는 일이, 이 가을
산을 옮기는 일만큼 힘이 듭니다.
저 하나로 완성입니다.
새 별 꽃 잎 산 옷 밥 집 땅 피 몸 물 불 꿈 섬
그리고 너 나
이미 한 편의 시입니다

비로소 내가 나의 신입니다, 이 가을날

내 사랑 아도니스

신화 속에 등장하는 사랑스러운 이름이기 때문일까. 시인 아도니스를 떠올릴 때면 나도 몰래 "내 사랑 아도니스!"라고 시작하는 시를 쓰고 싶어진다. 아프로디테의 연인, 사냥을 좋아하는 미소년 아도니스가 멧돼지에 물려 피 흘리고 죽은 자리에 핀 꽃이 아네모네다. 우연이지만 뉴욕에서 출판된 나의 번역 시집 제목이 아네모네를 뜻하는 '윈드플라워'다.

해마다 노벨상 수상자로 강력하게 추천되는 시리아의 시인 아도니스를 만난 것은 겨울 홍콩에서였다. 본명이 알리 아흐마드 사이드인 노시인과 함께 홍콩을 거쳐서 난징으로 이어진 긴 여정을 함께했었다. 아도니스가 국제적인 명성을 지닌 시인이요 노벨상 후보로 추앙되기 때문에 그를 특별히 기억하는 것은 아니다. 노벨상이라는 말이 최근 한국문학 주변에서 실상 없이 오염된 언어로 사용되고 있는 것을 상기해 보라.

86세의 거장 아도니스와의 조우는 중국의 시인 베이다오의 초청에 의해 이루어졌다. 홍콩 행사에는 아도니스 외에 다니카와 슌타로와 프랑스, 헝가리, 영국, 이탈리아, 미국, 캐나다 등에서 유명 시인들이 대거 참석했다. 그중에는 나와 같은 출판사에서 시집을 낸 프랑스 시인과 미국 시인이 있어 우리는 만나자마자 서로 이름을 불렀다. 내 친구인 헝가리의 희곡 작가 조지 스피로를 잘 아는 번역자, 뉴욕 작가 레지던스에서 만난 동화 작가 루이 징크와 같이 리스본 대학에 근무하는 작가도 있었다. 칠레, 그리스, 영국 작가 등도 모두 한 사람 건너면 아는 사이였다.

행사의 절정은 작가들이 서너 명씩 한 팀이 되어 중국 본토에 가 문학 행사를 이어 가는 데 있었다. 놀랍게도 시인 아도니스와 함께 난징에 가게 되었다. 난징은 일제강점기 때 난징 대학살이라는 깊은 상처를 안고 있는 고도다. 옛 수도로서 품격과 상처를 동시에 지닌 도시. 시인들과 함께한 거리와 맛있는 음식은 오래 잊을 수 없을 것 같았다.

떠나는 날 아침 하얏트 호텔 로비에서 공항으로 가기 전 아도니스에게 한국어로 번역된 그의 시집 『바람 속의 잎새들』을 주었다. 그는 몹시 반가워하는 동시에 처음 보는 시집이라고 했다. 저작권법 시행 전에 나온 해적판이었던 것이다. 속으로 좀 당황했지만 이 시집의 번역자는 성실해 보일 뿐 아니라 상업적인 목적보다 아랍 문학을 깊이 사랑하는 사람 같다고 그에게 설명할 수밖에 없었다.

난징은 아도니스와 우리 일행을 환호로 맞았다. 세계적으로 아름다운 서점 베스트 5에 뽑힌 아방가르드 서점은 입구부터 초청 시인들의 대형 사진을 걸어 놓았다.

아도니스 이외에 남아프리카의 여성 시인 하비바, 미국 하버드 대학에서 온 여성 시인 엘리너(그는 중국어가 유창했다.), 20대의 중국 시인 첸 동동이 함께했다. 엘리너와 나는 쑹메이링 궁전 등을 돌며 페미니즘과 모성애, 돈과 사랑의 역학 관계 등에 대해 공감했다. 아도니스의 중국어 시집은 27쇄를 찍었다고 했다. 중국은 시의 나라였다. 내 시집은 여러 사정으로 서점에 언제 등장할지 알 수 없는 상황이었지만 다행히 번역 시 몇 편이 인터넷에 소개되어 그것을 기억하는 청중이 있었다. 행사 중 「공항에서 쓴 편지」라는 시를 한 여학생이 무대에 나와 중국어로 울면서 낭송하여 나 또한 울컥하기도 했다.

뉴욕 화이트 파인에서 시집을 낸 엘리너와는 여러 부분에서 공감했다. 그녀의 설명에 의하면 미국에서 시집을 출판한 시인 가운데 여성이 28퍼센트이고, 그중 다른 언어로 번역된 시인은 3퍼센트라고 한다.

아도니스는 기회가 생길 때마다 시리아에서 나서 레바

논을 거쳐 현재 파리에 살고 있는 망명 시인의 현실과 정치와 종교 폭력의 문제를 제기했다. 한국에서 곧 출판될 책 제목이 '폭력과 이슬람'이라는 말도 했다. 부드럽고 겸손하고 사랑으로 가득한 노시인 아도니스의 내면에 종교적, 정치적 폭력을 향한 거대한 분노와 저항이 있고, 그것이 그의 문학을 더 위대하게 만드는 듯하다.

아도니스에게 그림과 글귀를 선물받았다. 그는 빼어난 화가이기도 해서 난징 행사 이후 항저우 전시회 일정을 앞두고 있었다. 파리의 딸들에게 줄 거라며 값이 소박한 실크 머플러를 고르는 노시인은 조용한 미소와 함께 유머를 잃지 않았다. 그동안 대접받은 산해진미에 지친 내가 후식으로 나온 오묘하게 생긴 과일 하나를 그에게 권하며 "신선하고 '스위트'해요."라고 말하자 순간 노시인은 눈을 반짝이며 작게 속삭였다.

"나에게 '스위트'는 오직 사랑일 뿐…… 이런 과일 따위가 아니라오."

시, 기억의 예순

　나의 시 속에는 많은 작가와 예술가가 등장한다.

　멕시코 도서전에 참가하러 가는 비행기에서 만나 「지팡이」의 모델이 된 콜롬비아의 작가 가르시아 마르케스, 늘 술 마시는 남자로 등장하는 오랜 친구 소설가 윤후명, 「나는 나쁜 시인」에 등장하는 민중 시인 K가 있다. 뉴욕의 소설가 김지원, 「첫 만남」에 등장하는 릴케와 목월도 빠뜨릴 수 없는 시인들이다. 또한 「지금 장미를 따라」의 주인공인 프리다 칼로와 모성애 문제를 제기한 에이드리언 리치, 「첫 불새」의 나혜석과 「곡시」의 김명순 등 많은 여성 시인이 행간 혹은 전편에 등장한다. 예술가는 아니지만 「곡비」의 옥례, 순님이, 고만이 등 가엾고 사랑스러운 이 땅의 딸들이 있다. 「상처를 가진 사람」은 일본 작가 오에 겐자부로가 장애가 있는 아들과의 생활을 촬영한 다큐멘터리를 보고 쓴 시다. 일본어로 번역된 시를 읽은 한 일본 학자가 장애 아이를 키우는 부모라고 해서 그를 "상처를 가진 사람"으로 표현하는 것이 적절한지를 지적했다는 말을 듣고 좀 부끄러웠다. 그 외에도 「내가 가장 예뻤을 때」의 이바라기 노리코, 강열한 개성을 가진 시라이시 가즈코 시인도 있다.

　『사기』의 저자 사마천도 빼놓을 수 없는 인물일 것이다. 제목도 '사랑하는 사마천 당신에게'로 연시의 형태를 취하고 있다. 한나라 무제의 태산 봉선에 참가하지 못한 아버지와 흉노족에 맞서 싸웠던 이릉 장군을 두둔하다가 남성의 "기둥"을 잘리는 치욕적인 궁형을 당한 후『사기』를 써서 역사에 기둥을 세운 사마천을 진짜 사나이라 노래했다. 한국 남성들이 생물학적인 남성성을 강화하기 위해 뱀이나 곰 발바닥 등 정력제들을 찾는 세태를 풍자하기 위해 쓴 시이기도 하다.

　이 시가 발표되고 사마천 학회 회원들과 함께 그의 무덤이 있는 시안을 찾았을 때 그곳의 원로 문인들로부터 융숭한 대접을 받았다. 사마천의 무덤은 높은 산중턱에 있었는데 남근을 잘린 상처 입은 역사가를 상상했던 터라 좀 의외라는 생각이 들었다. 무덤은 장대한 규모를 갖추고 있었다. 일대에 조성된 동상과 기념관 역시 어마어마했다. 대륙의 스케일이라 생각되기도 했지만 시인의 감각으로는 독재 국가의 동상이 연상되어 친근감이 사라졌다.

「그의 마지막 침대」의 모델은 미당 서정주 선생이다. 미당이 돌아가시기 직전 해가 질 때까지 선생 곁을 지킨 적이 있다. 그때 사그라져 가는 한 시인을 보며 비명처럼 떠올린 시다. 처음으로 정신이 아닌 육신으로 다가든 시인의 모습. 그래서인지 시에 유난히 물음표가 많다.

결국 미당은 탐미주의 시인답게 며칠 후 폭설이 세상을 덮은 날 "괜찮다…… 괜찮다……." 하며 눈발 속으로 떠나갔다. 이 시를 발표하고 오륙 년쯤 지난 뒤였던가. 스콧 피츠제럴드의 원작을 영화로 만든 「벤자민 버튼의 시간은 거꾸로 간다」가 개봉했다. 누구나 한 번쯤 상상할 수 있는 세계일 것이다.

"한 사람이 떠났는데/ 서울이 텅 비었다"라는 시를 쓴 후 프랑스에 가며 낭송의 『프랑스 시사』를 읽다가 깜짝 놀란 적이 있다. 거의 200년 전 프랑스 시인의 시구에 매우 비슷한 구절이 있었다. 나는 슬며시 부아가 나서 "200년 전 프랑스 시인이 나를 표절했다"라고 썼다.

도쿄에 갔을 때 화장실에서 일본시인협회 회장을 만났다. 일본이 아시아 여러 나라를 지배했을 당시 부친을 따라 싱가포르 어느 지역에서 어린 시절을 보낸 여성 시인이다. 그녀는 이러한 외지 체험과 아버지의 행적을 세미나에서 진지하게 발표했었다. 뜻밖에 그녀가 어디에서 읽었는지 200년 전에 프랑스 시인이 내 시를 표절했다고 큰소리치는 나의 글을 재미있게 읽었다며 반가워했다.

최근에도 칠레 소설가, 핀란드 시인, 신화 속의 울보 여인 요로나, 레즈비언 테레사 등을 시에 썼다. 시집 『작가의 사랑』에 등장하는 폴란드의 소설가를 비롯한 여성 작가들도 있다. 버클리 대학 '런치 포엄스'에 한국의 여성시를 초대해 준 퓰리처상 수상 시인 로버트 하스도 있다. 하스가 만해상을 받으러 한국에 왔을 때 함께 북한산 계곡에 갔던 얘기도 시에 썼다. 그날이 복날이어서 산에는 고기 볶는 냄새와 화장실 냄새가 코를 찔렀다. 그는 중국과 베트남에서 여러 번 보았다며 민망해하는 나를 안심시켰다.

시는 기억의 예술이다. 내 시의 앨범 속에 죽은 이들의 이미지가 점점 많아진다. 시 쓰기는 막막한데 폐허만 늘어 간다. 그 폐허에서 또 누군가를 만나야 하리라.

그의 마지막 침대

이게 뭐지? 이게 다야?
때로는 비우고
때로는 채우고
결국 병든 짐승으로 쪼그라드는 것이?
오래 사랑하던 말, 가뭇없이 꺼져 가는
이게 끝이란 말이야?
역순이어야 해
처음에 늙은 짐승으로 태어나
맑고 눈부신 성인으로 커서
사랑스러운 아기로 끝나고 싶어
혹은 알이 되어도 좋아
어머니의 자궁, 대지의 구멍으로
다시 살포시 들어가고 싶어
신이 인간을 만들었다고?
이 가련한 육신을?
정신보다는 망령뿐이고
육신이라기보다 넝마인
이것이 신의 작품의 끝 장면이라고?

쓰린 상처와 가시를 헤치고

결국 아무것도 아닌

이게 뭐지? 이게 다야?

호랑이들은 어디로 갔을까

지구의 이쪽과 저쪽에서 약속도 없이 한 사람을 네 번이나 만난다는 것은 보통 인연이 아니다. 이스라엘의 시인 아미르 오르와의 인연이 바로 그렇다.

마케도니아 스트루가에서 그를 처음 만났다. 아이오와 대학 프로그램에 다녀온 시인 최승자가 쓴 수필에서 그 이름을 보았는데 마침 초대 시인 명단에 있었다. 우리는 공식 행사에서 빠져나와 몇몇 시인들과 오흐리드 호수로 갔다. 해 질 무렵이었다. 밀코 만체프스키가 감독한 영화 「비포 더 레인(Before The Rain)」의 무대인 옛 성당을 보기 위해서였다. 도중에 바다를 끼고 도는 바윗길을 오르다 그가 불쑥 물었다.

"당신 이름 정희가 무슨 뜻이죠?" 그는 아내가 일본인이어서 한자 이름에 의미가 있다는 것을 안다고 했다. "정희(貞

姬)는 정숙한 여성이라는 의미이고 아버지가 붙여 준 이름입니다."라고 했더니 대뜸 "아버지가 바람둥이였군요."라고 말했다. 순결과 정숙을 강요하는 것은 일생을 틀에 갇혀서 무사하게 살라는 뜻이라고 덧붙였다.

"당신은 한국을 몰라요. 전쟁을 겪은 한국은 딸에게 안전과 평화를 기원하는 것이 당연하죠."라는 내 말에 그는 "위험이 없기를 바라면 무덤으로 가야죠. 거기가 가장 안전한 곳이니까."라며 다시 강조했다.

"당신 안에 으르렁거리는 호랑이를 풀어 주세요. 위험이 없으면 아름다움도 없어요."

그 후 뉴델리 문학잡지 《아틀라스》의 초대로 아미르를 다시 만났다. 그사이 나는 주한국 이스라엘 대사 부인인 루스 아라지 여사의 번역으로 히브리어 시선집 『한국의 사랑』을 펴냈다. 김소월을 비롯한 한국 대표 시인들의 사랑 시가 수록된 시집이다. 그는 책을 아직 받지 못했다며 몹시 서운해했다. 세 번째는 아미르의 초대로 이루어졌다. 이스라엘 텔아비브에서. '분쟁 국가의 시인들'이라는 테마 아래 시인들이 초대되었다. 그때 뜻밖에 그가 불교에 심취한 시인이라는 것을 알았다.

최근에 중국 쓰촨성 청두에서 그를 다시 만났다. 두보 사당을 일행과 함께 둘러보고 판다 공원을 돌 때였다. 오랜만에 숲속 의자에 앉아 밀린 얘기를 나누었다. 그가 담배를 끊었다며 하얀 이를 보여 주었다. 그의 웃음 속에 먼 길에서 돌아온 노시인이 보였다. 그런 아미르가 쓸쓸해 보였다. 그는 스트루가에서는 줄리엣처럼 젊고 깜찍한 여시인과 함께였고, 뉴델리에서도 텔아비브에서도 그런 자유로운 분위기의 한가운데에 있었다.

맘껏 풀어 준 그의 호랑이들은 어디로 갔을까. 날카로운 이빨을 정리한 채 시 페스티벌 무대에서 대문호처럼 점잖은 어깨를 넓히며 주제 발표를 하는 아미르를 이제 어디에서 어떤 모습으로 다시 만날 것인가.

뉴델리의 혼돈

시인은 마음속에 별과 뱀, 보석과 맹수가 웅크리고 있는 부동의 존재가 아니라고 한다. 노마디즘의 시대, 세계의 시인들은 무엇을 쓰고 고민하는가. 공통점은 없는 것일까.

세계적인 불황과 테러 소식이 교차하는 가운데 스물세 개의 언어가 만난다는 인도 뉴델리에서 열린 국제문학축제에 갔다. 행사는 인디라 간디 기념관에서 뭄바이 테러 희생자를 위한 묵념으로 시작되었다. 『악마의 시』로 유명한 살만 루시디를 표지로 한 《아틀라스》를 위시하여 참가 시인들의 시집이 행사장 입구에 전시되어 있었다. 프랑스, 네덜란드, 덴마크, 미국, 헝가리, 독일 등의 시집 속에 나의 영역 시집 『윈드플라워』도 있었다. 성급하게 말하자면 『윈드플라워』 스무 권이 가장 먼저 매진되었다. 뉴욕 출판사 시집인 데다 여인이 큰 항아

리를 들여다보는 표지 덕도 있을 테고, 무엇보다 20달러 정가
인 책을 5달러에 할인 판매했기 때문이리라.

스웨덴에서 온 중국 시인 리리(李笠)는 시인과 정치 망명
의 문제를 제기했다. 기후 문제와 자연 재해 문제도 중요 주
제로 채택되었다. 문학은 이제 번역이 큰 문제가 되지 않았다.
번역의 한계와 절망에 대해 말하면서도 무리 없이 소통되고
자유로이 전파되었다. 시는 더 이상 민족어 안에 웅크리고 있
는 토속의 존재가 아니었다.

헝가리 시인이 베를린에서 작업하고 이란 시인이 에든버
러에서, 이스라엘 시인이 캐나다에서 늙어 가고 있었다. 개방
과 소통이 각 민족의 정서와 전통을 훼손하고 간섭한다는 느
낌마저 들었다. 가볍게 인터넷을 클릭하는 소리는 각자의 개
성과 고유 언어를 포클레인처럼 깊게 파헤칠 수 있다. 영어라
는 공통의 도구 아래 지구촌의 삶과 사고는 비슷해지고 있다.

포름알데히드 용액에 죽은 소를 담그는 등 죽음의 테마
가 전환기 미술을 대표하는 것과 달리 문학은 그럼에도 삶과
자연과 생명을 노래했다. 몸의 이동이 자유로운 것처럼 사유
또한 제국이 따로 없이 떠돌아다님으로써 새롭고 넓은 상상
력을 확보했다. 혼돈과 상처의 세기를 건너가며 시인들은 포
스트모던을 받아들이면서도 정제된 시의 샘물을 퍼 나르기
위해 애쓰고 있었다.

자기 내부로 화살을 겨누고 자신만의 언어를 창조하기 위해 비상과 추락을 거듭하는 시인들은 어떤 언어를 쓰건 반갑다. 까마귀 소리와 기도 소리로 매캐한 오래된 호텔에서의 며칠 밤은 고통이었다. 도마뱀이 기어 다니고 춥고 녹물이 나왔다. 초대 시인에게 제공된 고풍의 호텔이어서 감사히 머물렀지만 일정이 끝나자마자 나와 몇몇 시인은 바로 옆 샹그릴라 호텔로 짐을 옮겼다.

피 흘리는 다리로 앉아 있는 걸인, 맨발의 릭샤꾼, 아이 업은 여인의 남루함에 깊은 통증을 느꼈지만 그것이 얼마나 얇은 연민이며 상투적인 센티멘털인가. 간디의 나라에서 자본에 길든 삶을 돌아보며 시인으로서의 기초 체력을 다시 생각했다.

마지막 날 테라코타 정원에서 햇볕을 쪼이며 생각했다. 돌아가면 다시 혼자 있을 것이다. 고독의 힘을 빛나는 언어로 만들어 이 불안과 소음의 시대를 극복해 갈 것이다.

뉴욕에 두고 온 J에게

지난가을 뉴욕에 갔을 때 골목마다 남아 있는 그대의 그림자를 보았어요.

뉴욕은 오늘 내가 잃어버린 것이 무엇인가를 확실하게 깨닫게 해 주었지요.

시차 때문에 새벽에 일어나 뒤척거리다 호텔 노마드에 가서 이른 아침을 했어요. 걸어서 걸어서 가을이 물든 센트럴파크로 들어갔지요.

공원 한가운데 작은 호수에는 여전히 백조들이 떠 있었고 거북이 몇 마리가 바위 위에 느리게 앉아 있었지요. 숲 사이로 맨해튼이 분주한 움직임을 시작하는 것도 보였습니다. 담요를 뒤집어쓰고 들었던 사이먼 앤 가펑클, 그리고 젊은 날의 흔적들……

뉴욕은 여전했어요. 내가 처음 뉴욕에 왔을 때나 지금이나. 아닙니다. 무역 센터가 있던 그 자리에 그라운드 제로가 생겼지요. 사람만이 아니라 모든 것이 변하고 있었어요.

푸른 사과나무 아래 무성하던 그날들은 어디로 갔는지 아시나요? 빈 들판에 볏단처럼 놓인 마른 사랑의 기억들. 그때 서울에서보다 더 많이 시를 썼지요. 당신이, 아니 젊은 내가 서성거리는 시.

발길이 이윽고 첼시 부근으로 향할 즈음 어느 카페에서 풍겨 오는 커피 향이 나를 아프게 자극합니다. 빵 굽는 냄새가 참을 수 없이 새로운 의욕으로 나를 몰아넣습니다. 여행은 그래서 좋은 것인가 봅니다.

이제 벌거벗은 젊은 날의 내가 아닌 추억 부자가 된 게 분명합니다. 유명 배우들이 단골이라는 과일 가게 두 발치 옆 청춘과 광기로 뜨거웠던 작가 잭 케루악의 연인이 살았다는 벽돌 아파트를 올려다봅니다. 바로 오 헨리 레스토랑의 간판이 나타납니다. 비쌀 거란 생각에 한 번도 들어가 식사를 해 보지 못했던 곳이지요.

테네시 윌리엄스의 「욕망이라는 이름의 전차」의 무대 같은 거칠고 어수선한 기차 소리가 들리는 듯합니다. 마약 냄새와 동성애자들의 얼굴이 눈에 그려질 것만 같던 거리. 「욕망이라는 이름의 전차」의 본래 제목이 '포커꾼들'이었다지요.

재즈 카페 '블루 노트'를 지나면 앨런 긴즈버그가 시 낭송을 했던 극장 '오프오프브로드웨이'가 나오고 밥 딜런이 기타를 매고 미네소타 청년 티를 흘리며 자주 들르던 카페 '레조'가 보입니다.

어느 오후 숨 막히는 외로움에 어느 백인 남학생에게 얻어 피운 말보로 담배의 기억이 있는 뉴욕대 도서관 4층을 올려다봅니다. 담배에 소질이 없어 한 번도 입에 댄 적이 없습니다만 다시 그날이 오더라도 같은 행동을 했을 겁니다. 담배라도 입에 물지 않으면 정말로 미쳐 버렸을 테니까요.

그 가을을 생각하면 다시 소름이 돋습니다. 시퍼렇게 젊었는데 왜 그리도 쓸쓸하고 왜 그리도 황폐했던가요. 삶이 온통 혼돈과 난해함뿐이었을까요.

당신은 아시겠어요? 나는 아직도 모르겠어요.

가을 노트

그대 떠나간 후
나의 가을은
조금만 건드려도
몸을 떨었다

못다 한 말
못다 한 노래
까아만 씨앗으로 가슴에 담고
우리의 사랑이 지고 있었으므로

머잖아
한 잎 두 잎 아픔은 사라지고
기억만 남아
벼 베고 난 빈 들녘
고즈넉한
볏단처럼 놓이리라

사랑한다는 것은

조용히 물이 드는 것

아무에게도 말 못 하고
홀로 찬 바람에 흔들리는 것이지

그리고 이 세상 끝날 때
가장 깊은 살 속에
담아 가는 것이지

그대 떠나간 후
나의 가을은
조금만 건드려도
우수수 옷을 벗었다
슬프고 앙상한 뼈만 남았다

늑대의 호흡

스웨덴 스톡홀름 대학에서 열린 행사에서 이런 말을 했다.

"이번 나의 시집은 늑대의 호흡으로 쓴 시집입니다. 생명의 원형으로서 야성을 내뿜는 대지모(大地母)의 언어와 호흡이라고 할까요. 이것은 여성 시인으로서 깊숙이 내재된 호흡이며 새로운 길이라고 생각합니다."

듣기에 따라서는 좀 자부가 넘치는 발언으로 느껴질지 모르지만 사실 이 말을 하기까지 그리 간단한 시간을 견뎌 온 것은 아니다. 한국의 시인이라고 해서 자신 있게 새 길을 말하면 안 될 것도 없지 않는가.

최루탄 속에서 눈물을 흘리며 보낸 대학 시절이 사회 정의와 자유에 눈뜬 시기였다면, 인생이 성숙하기도 전에 돌연히 단행한 결혼은 부당한 전통 속에서 고통받는 여성의 삶과 차별에 눈뜬 계기였다.

일찍부터 시를 썼지만 시 세계를 펼칠수록 남성 중심의 언어에 대해 깊이 좌절하지 않을 수 없었던 것도 사실이다. 이건 아니다, 가슴을 치면서도 그 이유와 해결책을 또한 쉽게 알 수가 없었다. 남자들이 몽땅 차지한 언어, 그 나머지로 무슨 말을 하라는 것인가. 나머지가 있기는 한 것인가.

당시 전환점을 마련해 준 책 하나가 클라리사 에스테스의 『늑대와 함께 달리는 여인들』이다. 그전에도 몇몇 굵직한 사회과학서와 여성학 관련 책들이 있었지만 생명의 원형으로서 여성성, 인간으로서 야성의 힘을 일깨운 것은 단연 이 책이다. 순응적인 삶이 아니라 창조적인 삶으로의 거침없는 전환을 이 책은 촉구했다. "분노는 버릴 장소가 없는 유독 폐기물과 같다."라는 문장에 밑줄을 그으며 하늘의 별이 흔들릴 정도로 전율했다. 상처와 열패감을 딛고 일어설 수 있었다. 나만의 언어와 형식에 대해 더 이상 고민할 필요 없이 늑대처럼 포효했다.

역사의 주변으로 밀려나 소외된 여성 노동자와 농민을 위한 가야트리 스피박의 서벌턴 이론도 매우 감동적이었다. 지식 권력으로 작용하는 지배 담론에 비판적으로 개입하는 탈구조주의…… 굳이 이런 유식한 말이 아니라도 나는 나를 무장하기 위해 그런 이론들을 탐독했다.

여성의 언어에 대한 고민과 함께 시대에 의해 고통받는 사람들과 경계인에게 정체성을 부여하고 싶었다. 그러한 정체성을 방해하는 이질적인 것으로 줄리아 크리스테바는 '아브젝트'와 '아브젝시옹'의 개념을 제안한다. 이를 인용해 나의 시에 나타난 주체의 양상을 연구한 학위 논문이 나와 내게 즐거운 긴장을 주기도 했었다.

시는 그 자체로 손상될 수 없는 단 하나의 살아 있는 생명이기에 그저 싱싱하게 돌아다니기를 바랄 뿐이다.

어디서 읽은 것인가. 수잔 길버트인가?

접시가 더럽다면 접시를 깨 버리면 된다. 그리고 물어보면 되는 것이다.

"이젠 더 이상 안 더럽죠?"

치마

벌써 남자들은 그곳에
심상치 않은 것이 있음을 안다
치마 속에 확실히 무언가 있기는 하다
가만두면 사라지는 달을 감추고
뜨겁게 불어오는 회오리 같은 것
대리석 두 기둥으로 받쳐 든 신전에
어쩌면 신이 살고 있을지도 모른다
그 은밀한 곳에서 일어나는
흥망의 비밀이 궁금하여
남자들은 평생 신전 주위를 맴도는 관광객이다
굳이 아니라면 신의 후손일지도 모른다
그래서 그들은 자꾸 족보를 확인하고
후계자를 만들려고 애를 쓴다
치마 속에 확실히 무언가 있다
여자들이 감춘 바다가 있을지도 모른다
참혹하게 아름다운 갯벌이 있고
꿈꾸는 조개들이 살고 있는 바다
한번 들어가면 영원히 죽는

허무한 동굴?

놀라운 것은

그 힘은 벗었을 때 더욱 눈부시다는 것이다

잠부, 티베트에서 온 동주

잠부를 '시인들의 봄' 행사가 열리는 파리에서 다시 만났다. 4년 전 텔아비브에서 열린 '세계 분쟁국의 작가들' 행사에서 티베트어와 프랑스어로 시를 낭송한 시인이다.

그 행사는 《헬리콘》이라는 잡지가 초청한 모임이었고, 아홉 명의 시인이 함께했다. 한국이 세계 유일의 분단국이라고 습관처럼 믿어 왔는데, 우리 말고도 세계에 이런저런 역사적인 사유로 불화와 분쟁을 겪고 있는 나라가 그처럼 많다는 데 속으로 놀랐었다.

파리에 살고 있는 잠부는 티베트에서 망명한 시인이라고 했다. 머리를 지리산 청학동 남자처럼 길게 땋아 내린 천진한 모습이 인상적이었다. 우리는 다시 만나자마자 반가움에 서로를 껴안았다. 이 넓은 지구 위에서 절묘하게 재회하게 된 인연이 놀라웠다.

행사가 열린 케브랑리 박물관은 장 누벨이 설계한 건축물로 시라크 대통령의 야심작이라고 했다. 건축물 꼭대기에서부터 인류의 모든 문자들이 강물을 이루며 빛으로 쏟아져 내려오는 구조였다. 바야흐로 문자와 문자들이 모여 대하를 이루는 1층 홀에 시인들은 둘러앉았다. 관중 사이에 띄엄띄엄 박혀 있다가 사회자가 호명을 하면 일어나 각자 모어로 시를 낭송했다.

나는 입구 반대편 벽면 쪽에 앉았다가 한국어로 시를 읊었다. 남성 언어가 아닌 여성 언어로 쓴 작품이라는 평을 들었던 시 「유방」이었다. 물론 관객들의 손에는 프랑스어 번역이 미리 배부되어 있었다. 시를 낭송한 후 청중에게 둘러싸여 사인을 하며 한동안 행사장에 머물러 있어야 했다. 겨우 짬을 내어 잠부에게 내가 묵는 호텔을 알려 주고 다음 날 부근으로 오면 점심을 할 수 있다고 말했다.

그날 아침 보랏빛 아네모네를 사 들고 온 소설가 H도 아쉽게 돌려보내고 잠부를 기다렸다. 그런데 잠부는 혼자가 아니라 세 명의 티베트 시인들과 함께였다. 모두 머리를 땋아 내린 티베트 승려 비슷한 차림이었다. 점심 후에 이어질 파리 도서전 독자와의 대화를 위해 나를 도우러 온 K가 경악하는 표정이었다. 프랑스인과 결혼하여 파리에서 30년을 지낸 조용하고 예의 바른 여성인 K는 잠부와 그 일행이 좀 불편한 듯했다.

잠부 일행과 소통이 조금 힘든 상태로 식당을 정하는 사이 그녀가 살며시 귀엣말을 했다. 자기는 혼자 먹겠다는 것이다. 순간 좀 높은 톤으로 그녀에게 말했다.

"이국을 유랑하는 티베트 시인이잖아요. 저 외로운 눈 좀 봐요. 우리 윤동주 같지 않아요?"

어색한 분위기를 눈치챈 잠부 일행이 시간이 빠듯하다며 손을 흔들면서 일어섰다. 잠부를 보내고 K와 나는 오후 내내 서먹서먹했다.

투우사의 옷

니트의 여왕이라는 디자이너 소니아 리키엘의 다큐멘터리를 보다가 흠칫 놀란 적이 있다.

"남자를 위하여 옷을 입는다고?"

"아니지, 나는 남자를 위하여 옷을 벗은 적은 있지."

이 대사를 「나목을 위하여」라는 시에서 다른 의미로 되살려 쓰기도 했다.

옷을 좋아한다. 주변 지인들은 나를 묘사하는 이미지로 흔히 머플러를 떠올리지만 기실 머플러는 불완전한 스타일을 덮어 버리기 위한 데에서 시작되었고, 옷 입기의 완성 단계로 차용된 것이다. 과장되고 심지어 익살스러운 벨트를 자신 있는 척 허리에 매는 것도 같은 이유에서다. 뚱뚱함을 오히려 글래머의 멋으로 바꾸어 보려는 심산이다.

대학 시절 여름방학에 충무로 국제복장학원 특강 코스를 다닌 적이 있다. 그때 바느질을 싫어한다는 것을 알았다. 한 땀만 틀려도 전체가 우는 바느질은 끈기의 장인이 가질 몫이었다. 차라리 지어진 옷을 멋대로 가위로 잘라서 독특한 디자인을 만드는 게 내게 어울릴 일이었다.

검정을 좋아하고 니트를 좋아한다. 주로 캐주얼웨어를 입지만 독특하고 어딘가 비틀어지고 개성적이어야 한다. 느슨한 검정 니트를 걸치고 머리를 풀어 헤치고 수갑같이 큰 팔찌를 끼고 길에 나서면 창작 의욕이 불같이 솟아났다.

뉴욕에서 서울로 돌아오기 전 마침 방글라데시에서 샌프란시스코로 온 오빠를 만났다. 한여름이지만 베이지색 헝겊에 분홍색 가죽끈이 달린 부츠를 신고 갔더니 오빠는 나를 보자마자 못마땅해했다. 바퀴벌레 우글거리는 뉴욕 원룸 아파트에서 고생을 한다더니 펑크족이 되었구나 하는 것 같았다.

명품은 그다지 선호하지 않는다. 이유는 간단하다. 비싸기 때문이다. 하루는 강남 명품 거리에서 직물이 매우 독특한 코트를 발견했다. 무엇보다 믿을 수 없을 만큼 싼값이어서 즉흥 쇼핑을 했다. 풍성한 그 코트를 걸치고 끈으로 허리를 질끈 묶고 나오는데 주인 여자가 말했다.

"아시죠? 그거 목욕 가운이라는 거!"

반사적으로 "물론이죠."라고 대답했지만 속으로 터져 나오는 웃음을 참기 힘들었다. 그 가운은 길이를 줄인 후 여름 코트로 오래 착용했다. 어느 잡지와 인터뷰에서는 그 목욕 가운을 입고 화보까지 찍었다.

생제르맹 부근의 변변한 간판도 없는 옷 가게 '무통'을 파리에 갈 때마다 들렀다. 우리네 동대문 평화시장 비슷한 수준에서 살 수 있는 옷 창고인데 유명 디자이너들이 쇼를 한 후에 안 팔린 옷들을 가져다 놓는 집이다. 긴 로프에 빼곡하게 걸린 옷 무더기들 속에서 사냥하듯이 옷을 찾았다. 일단 입어 보아야 했으므로 손님 모두가 팬티와 브래지어만 걸쳤을 뿐 훌렁 벗고 있었다. 나는 말라깽이 파리지앵들과 경쟁하듯 옷을 골랐다. 사냥꾼이 사냥을 하듯 쌓인 옷들 속에서 잡아 낸 옷들은 하나같이 특이하고 멋졌다. 무통에서 건진 옷 가운데 10년이 지나도록 아끼는 옷은 장 폴 고티에의 검정 망사 코트다.

뒤끓는 변덕을 이기고 여전히 좋아하는 디자이너는 요지 야마모토다. 나는 오래전부터 요지의 검정색 옷을 즐겨 입는 까마귀족이다. 디자인이 아방가르드하고 상식적인 스타일이 아니지만 이 포스트모던한 안티 패션을 입으면 진정 예술가가 된 느낌이 든다. 팔 한쪽이 잘렸거나 겨드랑이에 구멍이 뚫린 미친 옷이어서 더 그럴 듯하다. 최근 시상식에도 요지의 옷을 입고 나갔다.

검은색이 완벽해서 좋다고 생각했는데 요지의 해석은 또 달랐다. "검은색은 겸손하면서도 거만하고 게으르면서 편안하고 동시에 신비롭다."라고 했다. 요지 야마모토의 이러한 철학은 빔 벤더스의 다큐멘터리영화 「도시와 옷에 대한 노트」에 담기기도 했다.

최근 좋아하는 디자이너는 헬무트 랭이다. 상표를 과시하는 옷들을 만들고 싶지 않다는 랭은 매우 도시적인 감각으로 미니멀니즘을 이끈 디자이너다. 그의 옷을 로스앤젤레스 변두리 아울렛에서 놀라울 만치 싼값에 몇 벌 살 수 있었다. 아마도 자기 브랜드를 헐값에 매각한 시기였던 듯하다. 그는 지금 패션 디자이너가 아니다. 그의 이름과 브랜드를 아낌없이 넘기고 조각과 설치 작업을 하고 있다.

세계적인 명품이 즐비한 이탈리아에서 3개월 사는 동안에는 패션에 대해 되레 멍청해졌다. 아무렇지도 않게 걸치는 척했지만 실은 계산된 감각의 옷을 입는 놈코어룩에 가까운 편이었던 내가 이탈리아에서는 옷의 원시적인 기능에 주력하고 살 수밖에 없었다. 베네치아는 물의 도시답게 습하고 추운 곳이다. 시인 황인숙이 홈쇼핑에서 사 준 전기장판 한 장에 의지하여 춥고 쓸쓸한 유배지 베네치아를 견디었다. 사방에 명품이 너무 많아 명품이 안 보이는 나라. 관광지 특유의 물가는 입이 다물어지지 않을 만큼 높아서 그런 것을 사면 천민이고 속물임을 스스로 인정하는 듯한 느낌이 들었다. 축제 가면부터 유리 공예, 핸드백을 제작하는 작업장 안을 슬며시 살펴보면 저개발국의 일손이 유입되어 있었다. 메이드 인 이탈리아의 절반은 허상이구나 하는 생각이 들기도 했다. 이국에서 홀로 가면을 쓴 사물들과 인간들 속에 버둥거리는 심정으로 괜한 싸움을 벌인 것이다.

나를 초대한 카포스카리 대학의 교수는 시집의 번역자로서 한국어를 잘했는데, 약속은 언제나 그 순간뿐 번역은 마무리되지 않아 출판은 지연되고 강연 스케줄 또한 늘 혼란스러웠다. 당혹과 분노를 겨우 누르고 질문을 하면 그녀는 와락 눈물부터 쏟아 내며 울기 시작했다. 단테, 페트라르카, 보카치오 등의 문호들을 나름 읽었지만 이런 인물형은 좀체 파악이 안되었다. 혹시 이런 모습이 창의성의 본성은 아닐까. 예측 불허한 그녀에게 실망하다가도 진정 빼어난 감각이 무엇인가를 아는 세계적인 이탈리아 디자인들을 보면 곧 감탄을 넘어 깊이 감동을 하곤 했다. 스탠리 큐브릭의 영화 「아이즈 와이드 셧」에 나오는 가면들을 제작한 장인의 좁은 골목집을 지날 때마다 기기묘묘한 페르소나들 앞에서 넋을 잃고 발을 멈추었다. 아름다운 것이야말로 많은 것을 용서하게 만든다고 생각했다. 내 앞의 이탈리아 여성을 용서해야 할지는 결정하지 못했지만.

나에게 옷은 삶의 투쟁을 위한 투우사의 보자기다.

자유와 고독, 문학의 투쟁에 어울리는 옷을 만들어 주는 디자이너를 만날 때면 그래서 와락 사랑을 느끼고 바람둥이처럼 정신없이 탕진의 지갑을 연다.

세계적인 패션의 도시 밀라노를 갔다. 새벽 시장에 가서 도무지 비상식적으로 꼬인 밧줄 허리띠를 샀다. 그리고 명품 거리를 걸었다. 황금을 돌같이 보는 것이 아니라 번쩍이는 상표와 화려한 옷들이 이상하게도 슬픈 허울처럼 보였다. 중국제 전기담요 하나를 사서 트렁크에 넣었다.

흰 수염이 멋진 노시인 구이도 올다니는 밀라노에 살았다. 그의 출판사에 시집 출판 계약이 되어 있었다. 물론 이 글을 쓰는 지금까지 번역도 출판도 끝을 맺지 못하고 있다. 밀라노에서도 베네치아에서도 그를 다시 찾지 않았다. 큰 눈으로 울던 번역자 또한 마찬가지다.

그렇게 겨울이 다가오는 베네치아에서 온통 쓸쓸이라는 옷을 입고 불면을 치르고 있었다. 새벽 3시쯤 요란하게 울리는 전화벨 소리에 직감적으로 서울에서 온 전화라는 것을 알았다. 서울은 아침 10시쯤 되는 시간이었다.

"여기 국립국악원입니다."

지금으로부터 216년 전, 1795년에 정조 대왕이 수원 화성에서 벌인 어머니 혜경궁 홍씨의 회갑 잔치를 재현한「태평

서곡」에 혜경궁 홍씨로 진찬을 받아 달라는 것이었다. 혜경궁 홍씨라면 사도세자의 어머니이자 『한중록』을 쓴 조선 시대의 대표적인 문인이기도 하다.

그로부터 대략 2주 후에 베네치아를 가까스로 탈출하여 곧바로 국립국악당 무대에 섰다. 찬란한 원색의 대례복 적의를 입은 왕비 차림에다 비취 떨잠이 꽂힌 가채를 머리에 얹었다. 아들 정조 대왕과 왕자와 공주와 옹주 시녀와 문무백관 들을 세웠다. 학춤과 정악이 어우러지는 궁중 예술을 망라한 수준 높은 당대 문화의 결정체 「태평서곡」은 독일 프랑크푸르트, 프랑스 파리 축제에서도 공연된 궁중 연례악이었다.

어린 시절부터 옷을 사랑했던 나의 패션은 뉴욕도 파리도 밀라노도 아닌 조선 궁중 대례복, 그 한 벌로 완결되었다.

나목을 위하여

남자를 위하여 옷을 입는다고?
아니지
나는 남자를 위하여
옷을 벗은 적은 있지

그러나 감히 급진적이지는 못했어
푸른 입술로 사운거렸지만
뿌리를 한 치도 벗어나지 못했으니까

씨방이 생긴 뒤로는
유산이 두려워 하늘 향해
두 팔을 힘껏 내저었지

그런데 이제 와서
이 무슨 뜻하지 않은
해탈이냐? 해방이냐?

가을바람 불자 세상 여자들 일제히

나체로 지상에 뿌리내리고

저 매서운 동토를 향해 도발적으로

대결의 자세를 취하는 것은

그 호텔의 시론

육중한 회전문을 밀고 들어서자 천장에 쏟아질 듯 걸린 샹들리에가 보는 이를 압도했다. 200년은 더 된 것 같은 전통 건축 양식의 호텔이었다. 지난 세기 아르헨티나가 세계 5대 강국이었고 수도 부에노스아이레스가 남미의 파리로 불렸다는 것이 새삼 상기되었다. '국제시축제'의 조직위원장이 친절하게 다가와 인사했다. 빨강색으로 물들인 헤어스타일에 연극 배우처럼 짙은 화장을 한 여성 시인이었다.

초청된 외국 작가들 대부분이 축제 조직위원회가 제공하는 이 호텔에 투숙하는 것 같았다. 나의 방은 8층 복도 끝이었다. 그런데 이게 무슨 풍경인가? 재래식 놋쇠 열쇠로 방문을 열자 천장은 너무 높고 양탄자는 낡아 거의 회색인 음침한 방이 나타났다. 불을 밝혔지만 책을 읽기는커녕 메모 한 장 제대로 쓸 수 없을 만큼 희미했다. 시트만 눈이 시리도록 깨끗해 오히려 불균형했다. 중세 추리소설에나 나올 법한 이 방에서 일주일을 살아야 하다니. 탄식이 절로 나왔다.

'그로테스크한 이 방으로 위대한 시혼이 찾아올지도 모르지.'

체념한 듯 트렁크를 정리했다. 여독과 함께 불면이 따라왔다. 20여 개국에서 온 시인들과 시 낭송을 하고 토론도 하는 스케줄이 빡빡했다. 그럼에도 일정을 마친 밤이면 이방의 시간이 켜켜이 고인 이 흐린 호텔 방에서 시집을 읽었다. 스페인어권에서 가장 사랑받는 시인 로르카와 아르헨티나의 대표적인 시인 보르헤스의 시집을 안고 잠들곤 했다. 로르카는 1936년 스페인 프랑코 정부에 의해 체포되어 총살되기 전 이곳 부에노스아이레스에서 한동안 머물며 시를 썼다고 한다. 보르헤스는 육체적 실명을 겪으면서도 더욱 눈부신 영혼의 개안을 한 시인이다.

"작가는 죽으면 책이 된다. 따지고 보면 환생치고는 그리 나쁘지 않은 것 같다."

실명 즈음 50대 중반에 아르헨티나 국립도서관장을 지낸 보르헤스가 한 말이다.

나는 카페에서 거리에서 서점에서 심지어 탱고가 흐르는 밀롱가에서 보르헤스의 체취를 맡았다.

축제가 거의 끝나 갈 무렵 머리맡 전등이 고장 나는 바람에 방을 옮기게 되었다. 창밖으로 성당 지붕이 한눈에 들어오는 복도 끝 방이었는데 곧 기막힌 사실을 알게 되었다. 바로 아래층 704호가 시인 로르카가 오래 머문 방이라고 하는 것이다. 옛 친구인 아르헨티나 시인 테레사가 극적으로 만나 가르쳐 준 사실이다. 테레사는 단숨에 호텔로 달려와 나를 와락 끌어안았다. 그러곤 묵은 안부를 미처 주고받기도 전에 이 호텔 지배인부터 찾았다. 한국에서 온 시인에게 특별히 그 방을 꼭 보여 줄 것을 부탁했다. 아바나에서 헤밍웨이가 머문 맘보스 문도스 호텔 511호를 확인할 때와는 또 다르게 더욱 은밀한 감동이 밀려왔다.

로르카는 1933부터 1934년까지 이 호텔에 묵었다고 한다. 그 후 스페인으로 가 1936년 프랑코 정부에 의해 총살을 당했다. 로르카가 살해된 후 노벨상 수상 시인 파블로 네루다는 큰 충격을 받고 그의 비극적인 죽음을 규명하기 위해 애쓰다가 또한 의문의 죽음을 맞이한다.

이 호텔에서의 밤이 그토록 어지러웠던 것은 시인들의 비극 때문이었을까. 노지배인은 방 번호를 공개하지 말라고 신신당부했다. 세계에서 온 시인들에게조차 공개하기를 꺼릴 만큼 아끼고 보존하는 로르카의 방은 향기로운 숨결 같은 문학관이요, 아르헨티나의 문화적 자존인 듯했다. 그 소중한 방에 들어가 시인의 모자와 조끼, 사진들과 나침반이 걸린 벽을 둘러보았다. 지금이라도 로르카가 앉아 시를 쓰고 있을 것만 같은 둥근 책상 위에 놓인 메모지와 필기구도 만져 보았다.

페데리코 가르시아 로르카! 그의 흔적을 보석처럼 속에 숨기고 소중히 보존하기 위해 이 호텔은 안간힘을 쓰고 있는 것 같았다. 그날 밤 나는 로르카의 「집시의 노래」를 다시 음미했다. 두엔데! 스페인어를 배우고 스페인어로 사랑하고 싶었다. 보르헤스의 좌상이 있는 카페에서 테레사는 "문! 당신은 카스카벨이야."라며 웃었다. 스페인어로 방울이라는 뜻을 지닌 카스카벨은 명랑한 사람을 일컫는 말이라고 한다. 집시와 방울! 그 거리가 기쁘고 슬펐다.

시를 사랑하는 사람들의 모임이 화요일 밤마다 열린다는 안내문이 수줍게 새겨진 호텔 카스텔라를 잊을 수 없다.

머리 감는 여자

대지는 꽃을 통하여 웃는다고 한다.

만개한 목련을 보며 문득 몇 년 전에 만난 한 풍성한 여인을 다시 떠올린다. 멕시코 중부의 마야 유적이 있는 치첸이트사를 떠돌고 있었다. 밀림 속에 기원전의 피라미드가 널렸다는 촌로의 말을 믿고 차를 돌리니 황홀한 풍경이 나타났다. 검푸른 숲에 눈처럼 흩날리는 흰나비 떼 속에서 연신 탄성을 내지를 수밖에 없었다. 원시림과 흰나비 떼는 일순 생명에 대한 그리움과 야성을 불러일으키고 말았다. 줄줄이 낳아 놓은 자식들을 거느리고 길가에 서서 손을 흔드는 건강한 다산의 어머니와 그 아이들 모습은 맨발의 가난쯤은 덮고도 남을 만큼 푸르렀다. 그대로가 순연한 자연이어서 눈부셨다.

'머리 감는 여자'를 만난 것은 그렇게 이어진 밀림의 끝

자락에서였다. 작은 마을에 들어서자 제일 먼저 눈에 띄는 것은 평화롭게 돌아다니는 돼지와 거위들이었다. 아이들은 그물 침대에 누워 구름을 세며 놀고 있었다. 그 속에서 그녀는 여사제처럼 큰 몸집을 하고 마당 한쪽의 말구유에 상체를 거꾸로 들이밀고 머리를 감고 있었다. 풍성한 허리, 자연스럽게 출렁이는 젖가슴, 햇살에 그을린 피부, 일찍이 이보다 더 당당하고 아름다운 여성을 본 적이 없었다. 마치 신화 속의 대지모 같기도 했지만 그보다는 우리 옛 어머니들의 모습이어서 친근하고 자연스러웠다.

선뜻 말문을 열지 못하고 머리 감는 그녀의 모습을 바라보다가 왈칵 눈물을 흘리고 말았다. 그동안 무언가 참으로 소중한 것을 잃어버렸구나 하는 쓰라린 자괴감이 전신을 흔들었다. 유명 상표가 달린 청바지를 세련된 듯 입고 그럴듯한 선글라스와 카메라를 멨지만 이 너덜거리는 문명의 옷가지를 걸치기 위해 싱싱한 생명력과 무한한 자유를 잃어버린 것은 아닐까. 숲과 사람과 예쁜 짐승들과 돌멩이까지도 얼굴에 태양을 새긴 채 웃고 있는 이 신성한 유토피아에서 아프게 입술을 깨물었다.

급격하게 줄어든 출생률 수치는 접어 두고라도 겨우 태어난 우리 아이들이 사람의 젖이 아닌 소의 젖을 먹고 자라는 현실과 그 아이들의 얼굴이 떠올랐다. 자본주의 상인이 만든

저울과 줄자에 맞는 몸매를 만들기 위해 온갖 방식으로 육체를 억압하는 화장 짙은 도시인들의 생기 없고 마른 모습도 떠올랐다. 어느 곳이 진정한 문명 도시요, 어느 곳이 야만의 정글일까. 푸른 숲 대신 괴물 같은 아파트의 밀림 속에서 흉기가 되기 일쑤인 자동차의 홍수에 떠밀리며 허겁지겁 살고 있는 도시는 혹시 슬픈 노예선이 아닐까. 정력을 위해서라면 심지어 지렁이도 잡아먹는 남자들과 외형의 미를 위해 밤낮으로 몸살을 앓는 여자들이 사는 사회를 우리는 무어라 불러야할까. 시커먼 도시의 하수구 속에 떠내려가는 콘돔들과 들어내 버린 자궁들과 감별당한 태아들에까지 생각이 미치자 그만 오한이 일었다.

밀림 속의 그 여인처럼 말구유에 빗물을 받아 오래오래 머리를 감고 싶었다. 지친 영혼과 오염된 흙을 맑게 씻어 내는 일 말고 무엇이 더 급하랴.

머리 감는 여자

가을이 오기 전
뽀뽈라*로 갈까
돌마다 태양의 얼굴을 새겨 놓고
햇살에도 피가 도는 마야의 여자가 되어
검은 머리 길게 땋아 내리고
생긴 대로 끝없이 아이를 낳아 볼까
풍성한 다산의 여자들이
초록의 밀림 속에서 죄 없이 천년의 대지가 되는
뽀뽈라로 가서
야자 잎에 돌을 얹어 둥지 하나 틀고
나도 밤마다 쑥쑥 아이를 배고
해마다 쑥쑥 아이를 낳아야지

검은 하수구를 타고
콘돔과 감별당한 태아들과
들어내 버린 자궁들이 떼 지어 떠내려가는
뒤숭숭한 도시
저마다 불길한 무기를 숨기고 흔들리는

이 거대한 노예선을 떠나

가을이 오기 전

뽀뽈라로 갈까

맨 먼저 말구유에 빗물을 받아

오래오래 머리를 감고

젖은 머리 그대로

천년 푸르른 자연이 될까

＊멕시코 메리다 밀림 속의 작은 마을 이름.

머플러 깃발

춥고 고독한 어깨에 머플러를 두르기 시작한 것은 언제부터였을까. 어쩌면 오늘날 머플러 또는 스카프라고 부르는 이 헝겊이 옷의 기원은 아니었을까.

사각의 천을 두를 뿐이지만 그것 하나로 체온은 따스하게 유지되고 개성은 더욱 돋보이게 되는 것이 머플러다. 처음 머플러를 두르기 시작한 것은 뚱뚱함을 가리기 위해서였다. 갑자기 살이 찌기 시작한 20대 후반 당황하다 못해 내린 처방이 강렬한 무늬의 스카프를 목에 둘러 줌으로써 시선을 위로 유도하자는 것이었다. 그러던 머플러가 이제 패션을 넘어서 내 이미지의 한 부분이 되었다.

뉴욕 현대미술관 상점에서 산, 목걸이처럼 가느다란 스카프부터 오버코트나 담요만큼 큰 머플러까지 옷장에는 옷보다 더 많은 머플러가 있다. 외출할 때뿐 아니라 집에서 글을 쓸 때도 차를 끓일 때도 목에는 몸의 일부처럼 사시사철 머플러가 걸쳐져 있다. 솔직히 고백하자면 잠을 잘 때도 비행기를 탈 때도 언제나 부드러운 머플러를 휴대한다. 목을 보호하고 빛을 차단하고 싫은 냄새를 거절하는 데 아주 요긴하다. 요즘에는 미세 먼지를 피하는 용도로도 사용한다.

몇 해 전 겨울에 인도 델리의 후마윤 무덤에서 있었던 일이다. 걸인으로 보이는 노파가 황톳빛 찬란한 무덤가에 앉아 햇살을 즐기고 있었다. 넝마 위에 걸친 그 인디언 무늬 보라색 머플러가 어느 명품보다 빛나고 아름다워 보여서 와, 정말 멋지다! 감탄을 토했다. 곁에 있던 인도의 여성 시인이 나의 감탄을 힌디어로 전하자 노파가 순간 그 머플러를 휙! 벗어 내 쪽으로 던지며 "가져라!" 하고 외치는 것이 아닌가. 순간 걸인 노파는 사라지고 한 사람의 현자, 아름다운 수피가 눈앞에 앉아 있는 것을 느꼈다.

몸은 예술의 성전이다. 그 성전에다 머플러를 둘렀던 무희, 운명처럼 비극을 맞이한 이사도라 덩컨의 머플러를 떠올려 본다. 바람이 센 날 지붕 없는 부가티 스포츠카에 오르며 그녀는 "안녕, 영광을 찾아 떠나요!"라고 말한다. 기다랗고 빨간 머플러를 목에 두른 그녀를 싣고 드디어 차가 출발하자 목에 맨 머플러는 스포츠카의 뒷바퀴 회전축에 걸려 천천히 그녀의 목을 조인다. 그녀의 성전은 거기에서 멈춘다.

　　무용의 세기를 바꾼 맨발보다 더욱 강렬하게 등장하는 이 빨간 머플러는 한 예술가의 극치에 다다른 비극미를 연출하기에 알맞다. 투우사의 붉은 보자기처럼 이 글을 쓰는 순간에도 내 목에는 펄럭이는 피처럼 머플러가 둘려져 있다.

머플러

내가 그녀의 어깨를 감싸고 길에 나서면
사람들은 멋있다고 말하지만
나는 그녀의 상처를 덮는 날개입니다
쓰라린 불구를 가리는 붕대입니다
물푸레나무처럼 늘 당당한 그녀에게도
간혹 아랍 여자의 차도르 같은
보호 벽이 필요했던 것은 아닐까요
처음엔 보호이지만
결국엔 감옥
어쩌면 어서 벗어던져도 좋을
허울인지도 모릅니다

아닙니다. 바람 부는 날이 아니라도
내가 그녀의 어깨를 감싸고 길에 나서면
사람들은 멋있다고 말하지만
미친 황소 앞에 펄럭이는
투우사의 망토처럼
나는 세상을 향해 싸움을 거는

그녀의 깃발입니다

기억처럼 내려앉은 따스한 노을

잊지 못할 어떤 체온입니다

문, 날개, 성난 수도승

　　뉴욕 소호에 있는 유명 갤러리에 시 낭송과 퍼포먼스를
알리는 포스터가 나붙었다. 시를 소리와 행위로 전하는 문학
의 밤이 열리는 장소는 조지 버지스 갤러리.

　　뉴욕행 비행기에 오르기도 전에 몸속에 달과 날개와 미
친 수도승이 한데 섞여 아우성을 치는 것 같았다. 그렇게 내내
들뜬 상태로 소호의 밤을 기다렸다. 일찍 다가든 겨울 날씨 탓
만은 아닌 것 같았다. 뉴욕은 거칠고 깊고 쓸쓸했다. 세계에서
제일 강한 저력을 지닌 도시 특유의 오만함과 에너지 가득한
분위기 또한 여전했다.

　　날카로운 추위가 11월 하순의 금요일 밤을 오히려 은밀
하게 만들었다. 하우스턴가를 지나 갤러리의 유리문을 밀고
안으로 들어섰다. 화가 김원숙의 날개 그림들이 사면 가득 전

시 중이었다. 여성을 주제로 한 나의 시선집 『내 몸속의 새를 꺼내 주세요』에 김원숙의 아름다운 그림들이 함께했다. 여성의 감각과 존재를 김원숙 화백만큼 섬세하게 표현하는 화가도 드물다는 생각이 들었다. 그녀와 함께 깔깔거리면서 개울물을 건너듯이 첨벙거리며 세계 곳곳을 거침없이 넘나들 수 있었던 것은 축복이었다.

래리 릿 시인과 내가 시 낭송을 하고, 퍼포먼스의 흐름은 김원숙 화백이 조율하기로 했다. 매드 몽크를 자처하는 래리 릿은 플럭서스(Fluxus)의 멤버이자 국제적으로 알려진 퍼포머다. 그는 1993년 베네치아 비엔날레에서 백남준의 「비디오 무당」에 설치미술가 한스 하케 등과 함께 참가하여 퍼포먼스를 벌인 시인이다. 바로 그 작품으로 백남준은 황금사자상을 수상했고 명실공히 국제적인 예술가가 되었다. 그도 이제는 밥 딜런처럼 늙어 보였다.

갤러리에는 사람들이 하나둘 모여들더니 이윽고 준비한 의자가 부족할 만큼 가득 찼다. 입구에 영어로 번역된 시 일곱 편을 청중이 맘껏 집어다 볼 수 있게 준비해 두었다. 미국에서 출판된 시집들도 갖다 놓았다. 즉석 구매하여 사인을 원하는 독자 앞에서는 반가움을 감추기 어려웠다.

우리는 각자의 시를 각자의 언어로 낭송했다. 그 가운데 나의 시 「"응"」은 래리 릿이 영어로, 래리 릿의 시 중에 「젠 바라」는 내가 영어로 읽었다.

첫 구절에 나오는 "젠 바라!"라는 문구를 큰 소리로 읽고서 래리 릿에게 무슨 뜻이냐고 물었더니 젠은 선(禪)을 뜻하는 일본어이고 바라는 마하반야바라밀다에서 따왔노라고 했다. 그러니까 그가 만든 감탄사 비슷한 것이다. 그는 한국의 절들을 순례한 적이 있다고 자랑했다.

그는 청중에게 "응"이라는 소리를 후렴으로 따라 해 달라고 부탁했다. 관중석 여기저기에서 응 응 응 하는 소리가 들려왔다. 이 산 저 산의 숲속에서 뻐꾸기들이 응 응 응 하고 대꾸하는 것 같았다. 뉴요커들은 퍼포먼스를 즐길 줄 아는구나 하는 생각이 들었다.

이어서 나의 제안에 따라 다 함께 달의 소리를 내 보기로 했다. 우우우 수수수 히히히 푸푸푸 시시시…… 즐거운 달의 소음 속에서 뜻하지 않게 웃음이 솟았다. 귀신이 되는 것 같은 신비한 느낌이 왔다. 소리 퍼포먼스는 날개 소리로 이어졌다. 퍼덕퍼덕 휠휠휠 푸들푸들 스아스악 기럭기럭 날개 소리 또한 한없이 즐거웠다. 갤러리 안은 순간 갈매기가 까욱거리는 바다 물결이 되었고 모이를 향해 달려드는 비둘기 광장이 되기도 했다. 모두가 난생처음 달과 날개를 몸속에서 꺼내 본, 소리 경험이었다.

성난 수도승의 소리를 래리 릿에 이어서 내가 연주(?)해야 할 순서가 되었다. 그 순간 조금 미쳤던 것 같다. 젊은 날 이 부근 뉴욕대에 적을 두고서 방황하고 외로워하며 절망과 열패감에 이를 깨물었던 기억이 차올랐다. 젊음이 무겁고 두렵던 시절이었다. 뉴욕은 삶의 바닥을 보여 주었다. 뉴욕에 머문 동안 내내 나를 제3세계에서 온 기타(the others)라고 여겼다. 그런데 오늘 밤 여기가 뉴욕 소호라니. 그리니치빌리지와 뉴욕 대학이 있는 워싱턴 스퀘어라니.

으하하하! 들짐승처럼 웃음을 터뜨렸다. 순간 꿈에도 생각지 않던, 아니 단 한 번도 입으로 뱉어 본 적이 없는 단어가 방언이 되어 터져 나왔다.

"아하하하! 나 출세해 부렀다!"

웬일인가? 와르르 파도가 시원하게 쓸려 나갔다. 바람이 나를 내동댕이치는가 싶더니 나는 산산조각이 났다.

오, 자유로움이여.

바람 속의 먼지

아침 시간에 동네 빵집에서 매주 두 번씩 빈스를 만났다. 커피 한 잔에 크루아상 한 개씩을 먹으며 아침 공부를 했다. 기초 수준의 한국 문화와 문학을 내가 설명하면 그가 질문을 하는 형태였다. 나는 영어를 숙련하고 그는 한국 문화를 배우는 것이다. 커피값을 번갈아 내는 것 외에 부담이 없는 만남이었다. 그의 국적은 미국이지만 원래 이탈리아 사람이다. 그는 사물을 생각보다 감각으로 포착하는 힘과 그것을 표현하는 재능이 있었다. 그렇게 1년 6개월 정도가 흘러가던 어느 날 아침 그가 침통하게 말했다.

"곧 한국을 떠나야 할 것 같아요."

한국이 IMF에 도움을 청하는 사태가 발생하여 온 나라가 발칵 뒤집힌 상황이었다. 한국에서 하던 일들을 서둘러 정리하려는 모양이었다. 그날 처음으로 그에게 점심을 샀다. 아침부터 점심까지를 함께한 것이다. 우리는 오징어덮밥을 먹으며 글로벌 경제와 자본주의 체제와 인간의 역사를 이야기했다. 드디어 헤어질 시간이 되었다. 서로 건강을 기원하며 가벼이 끌어안았을 때 그가 웃음을 머금고 한마디 했다.

"세상에 태어나 네 시간 내내 나라 걱정을 하는 여성은 처음 봅니다."

나는 한 대 가볍게 맞은 것 같았다.

"한국이 긴 역사를 가진 나라라는 것은 잘 압니다. 하지만 이탈리아에 비하면 짧지요. 이탈리아는 유럽의 신석기 시대부터 시작하여 로마 시대와 르네상스를 거쳐 오늘에 이르렀습니다. 한 나라의 긴 역사 속에는 당연히 성쇠가 있습니다. 이 정도 문제는 잠시 지나가면 될 뿐 그다지 큰 것이 아니지요."

순간 그에게 한 수 배운다는 생각이 들었다. 지금까지 그는 한국말이 서툰 젊은 외국인이었는데 이제 보니 경험이 많고 스케일이 너른 사람이었던 것이다.

그로부터 10여 년이 흐른 후였다. 베네치아 대학 초청으로 이탈리아에 머물고 있을 때 선착순으로 항공권 가격이 정해지는 라이언에어를 타고 이탈리아 남쪽 시칠리아를 찾았다. 주도인 팔레르모에 내리자마자 마피아보다 먼저 빈스의 얼굴이 떠올랐다. 시칠리아는 그의 고향이다.

　네 시간 동안 내리 나라 걱정을 하는 여자를 한국에서 처음 보았다는 그의 말이 떠올라 속으로 웃음을 삼켰다. 여자가 나라 걱정을 하는 것은 어울리지 않는 일일까. 여자의 걱정은 사랑이나 자식이나 패션이라야 하는가. 그를 다시 만나면 커피 한잔과 크루아상을 시켜 놓고 페미니즘적인 시각에서 즐거운 토론을 청하고 싶다.

　빈스가 자주 흥얼거리던 록 밴드 캔자스의 「더스트 인 더 윈드(Dust in the Wind)」가 귀에 들려오는 것 같았다.

　"바람 속의 먼지, 우리는 모두 바람 속의 먼지일 뿐……."

발칸의 유혹

단풍이 한국의 산천을 온통 불태울 즈음 발칸반도의 오래된 도시에 머물렀다. 이스탄불에서 하룻밤을 보내고 다시 비행기를 갈아타야만 하는 여정이었다. 마케도니아의 수도인 스코페를 거쳐 다시 자동차를 타고 천신만고 끝에 테토보에 도착한 순간 얼음덩이가 가슴속에서 깨어지는 소리를 들었다.

너는 무엇 때문에 이곳에 왔는가?

어린 시절 새로 생긴 폭포가 하늘과 맞닿은 곳이 있다는, 거짓말 잘하는 동네 계집애의 꾐에 빠져 산을 넘고 재를 넘어 그 폭포를 찾아갔던 꿈같은 기억이 떠올랐다. 결국 집에 돌아오지 못하고 깊은 산골 외딴집에서 벌벌 떨며 하룻밤을 보냈다.

그 애의 아버지는 솜씨 좋은 목수였다. 도시에 나와 홀로 공부하다가 여름방학이 되어 잠시 고향에 내려간 내 앞에 그 애는 이미 조숙한 숙녀의 얼굴을 하고 나타났다. 초등학교 저학년 시절 구구법도 못 외우고 수줍어 말을 더듬던 옛날 소꿉친구가 아니었다. 그녀는 저 산 너머에 폭포가 새로 생겼는데 하늘하고 닿아 있다고 했다. 나중에 안 일이지만 그곳에 새로 댐이 생긴 것이었다. 감쪽같은 감언이설에 그녀를 따라 해가 저물도록 걸었다. 그리고 폭포는커녕 흙탕물이 조금 저장되어 있는 저수지를 보고 이내 발길을 돌렸었다. 하지만 벌써 해는 저물고 돌아갈 길은 천 리였다. 지금도 그때 그 외딴집을 기억한다. 깊은 산골의 귀신 이야기에나 나올 법한 집이었다. 젊은 여인이 아이를 등에 업고 돌절구에 방아를 찧다가 우리의 딱한 처지를 듣고 하룻밤을 재워 주었다. 여인이 짜다 둔 베틀 아래서 하룻밤을 잤다.

꿈이 아닌가 할 만큼 괴기한 그 하룻밤이 머나먼 마케도니아에서 문득 떠오른 것은 참 기막힌 일이다. 발칸반도의 일교차는 매우 컸다. 산정의 습한 기온이 밤이면 낮은 곳으로 내려와 뼛속으로 파고들었다. 밤새 추위와 외로움에 떨며 한잠도 자지 못했다.

새벽이 되자 이내 이슬람의 기도 소리가 자욱하게 온 도시에 울려 퍼졌다. 라마단이었다. 일몰이 될 때까지 음식은 물론 물 한잔 마시지 않는 이슬람의 계율에 따라 온 도시는 조용하게 문을 닫아 버렸다.

이 도시에서 유일하게 문을 연 한 카페에 앉아 진종일 생각했다. 나는 왜 이렇듯 유혹에 잘 넘어갈까. 현실적으로 불리하고 무언가 허술하다는 것을 알면서도 누군가 강력하게 권하면 그만 슬쩍 넘어가 버린다. 여름도 다 지나고 차가운 가을 바람이 온몸으로 파고드는 날, 정말이지 두툼한 겨울 바지를 사도 시원치 않은 어느 날, 찬 바람이 숭숭 들어오는 얇은 여름 바지 하나를 사 들고 들어와 밤새 바짓단을 줄이면서 스스로의 어리석음을 탓하며 시를 쓴 적도 있다.

그날의 유혹은 입고 있던 바지에 촘촘히 떠 있는 흰 별들이었다. 그 별들은 슬픈 눈을 하고 있었다. 내 이름이 문(Moon) 아닌가. 나는 둥근 달이 되어 그 별들과 함께 밤새 사랑을 속삭이고 싶었다. 그때 산 '보라색 여름 바지'는 현재 영인문학관에 시와 함께 보관되어 있다. 문제는 단순히 물건에 국한되지 않고 인생의 중요한 선택에서도 그렇듯 허술한 낭만주의가 작동한다는 것이다. 결혼의 시기와 배우자의 선택, 대학의 선택이나 직장의 선택에서도 비현실적일 때가 많았다. 전혀 엉뚱한 이유로 그것을 선택하거나 포기하기도 한다.

마케도니아 테토보도 그랬다. 우선 테토보는 2년 전에 한 번 다녀온 곳이어서 하필 이렇게 기를 쓰고 다시 와야 할 이유가 없었다. 그러나 떠났다. 이유는 딱 한 가지, 초대자의 한

마디 말 때문이었다. 놀라움이 당신을 기다리고 있다는 것이다. 놀라움을 찾아가 보는 것은 아름다운 일 같았다. 놀라움이란 무엇을 뜻하는가? 그 놀라움을 한번 목격하고 싶었다. 문학적 자극이라 해도 좋고, 사랑이라 해도 좋았다.

나는 떠났다. 비행기를 갈아타고 비자 협정도 안 된 낯선 나라를 향해. 작은 초대장 하나에 의지하여 여기까지 왔다. 천신만고 끝에 도착하여 시인들의 환대 속에 짐을 풀긴 했지만 곧 깨달았다. 어린 날 친구의 유혹에 빠져 '하늘과 맞닿은 폭포'를 찾아 나섰다가 그만 밤새 산속을 헤맸듯이 낯선 나라 이상한 도시에서 미궁을 헤매며 나는 가슴을 쳤다. 붉은 단풍이 한국의 산천을 물들이는 계절에……

얼마 있지 않아 내가 얼마나 어리석고 부족한 인간인가 하는 이 놀라운 사실 앞에 마주 섰다. 세계 시 포럼에서 수여하는 올해의 시인상에 내 이름이 호명된 것이다.

알바니아와 마케도니아 일대에 텔레비전으로 생중계된다는 시상식장에서 소감을 묻는 앵커에게 울듯한 목소리로 이렇게 대답했다.

"지금 이 순간 내가 가진 모든 언어를 잃어버렸어요. 그냥 한마디만 생각나요. 아이 러브 유!"

망자의 섬

베네치아 리도에 짐을 풀고 3개월을 지내는 동안 끝내 가지 않고 남겨 둔 섬이 있다. 리도에서 수상 버스로 십 분 정도면 닿는 산미켈레섬이다. 흔히 '망자의 섬'이라 불리는 리도에는 토마스 만의 소설과 비스콘티의 동명의 영화로 유명한 「베네치아의 죽음」의 무대가 된 호텔이 있고 최근에 베네치아 국제영화제로 더 알려진 곳도 많다. 그러나 내 귀에는 여전히 주인공 아셴바흐의 탄식과 말러 교향곡 5번이 더욱 깊게 박혀 있다.

하얀 아드리아해의 햇살 속에 배를 타고 아침저녁 본섬을 드나들었다. 바포레토 수상 버스 위에 서서 망연히 물결 너머 산미켈레섬을 바라보곤 했다. 물살을 가르며 달리는 뱃전으로 편백나무 우거진 무덤 섬이 나에게 물었다.

"산다는 건 뭐지? 또 죽는다는 것은 뭐지?"

그때마다 내일은 꼭 무덤 섬에 한번 가 보리라 생각했다. 하지만 날이 밝아 오면 역시 그 섬에 가지 않았다. 오늘은 안개가 짙어서, 햇살이 눈부셔서, 비가 와서, 바람이 사나워서 그곳에 가기가 두려웠다.

섬은 베네치아의 중요 관광 코스인데, 특히 문학을 사랑하는 사람들에겐 더욱 그랬다. 20세기 시인 중의 시인 에즈라 파운드의 무덤이 있고, 노벨 문학상을 받은 러시아 시인 조지프 브로드스키도 거기 묻혔다. 전설의 댄서 니진스키와 안무가 디아길레프, 작곡가 스트라빈스키도 거기 있다.

에즈라 파운드는 미국 시인이지만 이탈리아 무솔리니 독재 정부를 찬양해서 수많은 질타와 함께 정신병원에 감금된 시인이 아닌가. 조지프 브로드스키는 조국 러시아에서 반체제의 기생충 시인으로 기소되어 정신 병동에 감금된 시인이다. 나중에 노벨 문학상을 받았지만 미국에 망명한 후 더 이상 모국어로 시를 쓰지 못하고 강연과 연애로 말년을 보냈다고 한다.

그 섬을 바라보기만 하며 끝내 발을 들여놓지 않고 베네치아의 시간을 다 보냈다. 미로와 수로, 유리와 가면, 곤돌라, 그리고 르네상스 발상지의 문학사와 예술적 유산들을 체험한 척하면서 매일이다시피 지나다닌 바이런의 집도, 비발디의 집도 굳이 들어가지 않았다.

떠날 때 다만 아쉬운 것이 있다면 물이 안 보이는 숲속에 보석처럼 박힌 온실 카페 라셀라뿐이라는 생각을 했다. 끝내 산미켈레섬을 가지 않고 한국으로 돌아왔다. 베네치아에서 진저리를 친 것은 물이었다.

베네치아에 사는 동안 내내 고향 집 감나무 아래에서 울고 있던 열네 살 소녀를 떠올렸던 것 같다. 어린 날 아버지의 관 앞에서 울던 소녀가 아직도 멈추지 않는 눈물을 흘리며 내 안에 살고 있는 것이다.

서울에서 밤 기차를 타고 내려간 보성 고향 집에 아버지는 퉁퉁 부은 몸으로 가쁜 숨을 몰아쉬고 있었다. 이미 지상의 사람이 아니었다. 그토록 못 잊어 하던 어린 딸을 초점 잃은 눈동자로 멍하니 바라볼 뿐이었다. 수많은 말을 삼킨 절망의 눈! 나의 문학은 그 아버지를 다 묘사함으로써 완성에 이룰 수도 있을 것이다.

새벽 무렵 아버지는 떠나가고 그때부터 슬픔과 뼈아픔은 한파처럼 시작되어 생애를 지배하고 있다. 흰 무명 밧줄에 묶인 목관이 장정들에게 들려 마당의 큰 감나무를 돌아 나갈 때 곡소리는 허공을 뚫고도 남을 만큼 비통했다. 상여에 담긴 아버지는 저승사자들을 위해 흰 지전을 흩뿌리며 산으로 사라졌다. 토호였던 그가 만든 신작로 다리를 건너 철길과 산허리

를 돌아 알 수 없는 곳으로 사라지는 뒷모습은 신묘하고 덧없
는 한 마리 나비처럼 가벼웠다. 그렇게 죽음을 처음 만난 이
후, 어디를 가나 죽음이 없는 곳은 없다는 것을 알았다. 죽음
은 삶이 태어날 때 함께 나는 것임을 그렇게 일찍 확인했다.

베네치아에서 무덤을 보기 싫었던 것은 당연하다. 오직
축제에 참가한 시인이고 싶었으니까. 먼 이방에까지 와서 죽
음을 목격하고 상처를 꺼내어 피 흘리고 싶지 않았다. 베네치
아의 물결은 그런 내게 소리쳤다. 삶이란 답이 아니라 질문이
전부다. 문학도 마찬가지다. 답보다는 끝없이 질문을 던져라!

한국에 돌아와 생명의 원천으로서의 물을 주제로『카르
마의 바다』라는 시집을 썼다. 내 시의 트라우마는 어린 날 목
격한 아버지의 죽음이라며 상투적인 해석을 가하려 들지도
모르지만 이 시집에서 나는 죽음을 품은 생명에 초점을 두었
다. 물은 정화와 재생의 이미지다.

예술가는 식인종이라고 했다. 나는 아직 식인종이 못 되
거나 예술가가 덜 된 것일까. 왜 그 섬에 가지 않았을까? 정말
모르는 것투성이다.

부러진 다리를 꺼내 놓고

정치와는 늘 거리를 두어 왔음에도 불구하고 스스로가 참 정치적인 시인이구나 하고 놀랄 때가 있다. '작가들의 UN'이라는 아이오와 대학 국제 창작 프로그램에 참가했을 때의 일이다. 기숙사 8층에 머물렀다. 누구의 제안이었는지 하루는 엘리베이터 앞 게시판에 '윈도우(window)'라는 단어가 크게 나붙었다. 이번 주에는 창을 제목으로 글을 써 보고 토요일 저녁 아트홀에 모여 이 제목으로 시 낭송을 하고 와인을 마시자는 내용이었다.

나는 냉소했다. 백일장이라면 자신이 있었다. 하지만 여기 모인 작가들은 나름으로 각자의 언어권에서 자부심을 가진 기성작가들이 아닌가. 자신의 언어가 무어든 일단 영어로 써야 하는 이런 백일장이 무슨 의미가 있는가.

시제도 진부하고 시시했다. 그렇게 몇 주가 가는 동안 게시판에는 거울, 소금, 책 같은 단어들이 차례로 걸렸다. 다른 작가들은 가벼이 한 편씩을 써 가지고 나가 낭송하고 웃고 즐기었다.

내가 지나치게 진지한 것은 아닐까. 어떤 일이든 즐기기보다 마치 국제 경기에 출전한 운동선수처럼 경쟁심에 불타고 승패에 더 가치를 두는 것은 아닐까. 그러던 어느 날 게시판에 붙은 시제를 보고는 가슴에서 뭉클함이 치솟는 것을 감출 수가 없었다. 제목이 국경, 경계를 뜻하는 '보더(border)'였다.

분단국에서 온 시인을 겨냥한 제목 같았다. 순간 승부욕에 불탔다. 그러잖아도 기회만 있으면 외교관처럼 행동했었다. 시 낭송 시간에 판소리 가사로 만든 나의 시극 「구운몽」 비디오를 틀었고, 서점 사인회 때는 요요마를 버리고 정경화의 연주를 틀어 놓고 자랑했으며, 백남준의 비디오아트에 대해 역설했다. 비록 외국 작가들과 함께하는 프로그램이라지만 나는 애국 과잉, 정치 과잉의 시인이었다. 분단국 시인이라는 콤플렉스 탓인가?

아무튼 '국경'이라는 제목으로 시를 썼다. 한국에서 잠시 머문 적이 있어 인삼을 좋아한다는 문화인류학과의 미국인 친구에게 영어 감수까지 받아 드디어 토요일 시 낭송 무대에 올랐다.

그런데 이게 무슨 일인가. 반쯤 읽다 말고 그만 뜻하지 않은 격정이 휘몰아쳐 끝까지 시를 읽을 수가 없었다. 한동안 무대에 그대로 서 있었다. 장내는 조용해졌다. 이런 내 모습이 한없이 싫고 혐오스러웠다. 제어가 안 되는 감정을 노출하는 것을 누구보다 피해 왔었다. 민족과 애국 같은 언어를 입으로 꺼내어 말하지는 않았지만 정말 참혹한 순간을 만들고 말았다.

간신히 시 낭송을 마무리한 후 무대를 내려오자 여러 시인들이 나를 껴안았다. "당신 참 아름다웠어!"라고 속삭이는 시인도 있었지만 위로가 되지 않았다. 격정은 민족이나 분단의 슬픔 때문이 아니었다. 그것은 처절한 외로움 때문이었다. 모두가 성한 다리로 바삐 걸어가는 길 한가운데에 피 흐르는 불구의 다리를 꺼내 놓고 상처를 내보이며 동정과 관심을 구걸하는 듯한 참담함 때문이었다.

한국의 분단을 아무도 슬프고 비극적인 현실로 이해하고 받아들이는 것 같지 않았다. 오직 그것은 나의 비극, 나의 슬픔, 나의 상처였다. 이를 깨물었다.

경계선이라는 제목을 받고 왜 저 칠레의 시인처럼 쌍둥이 자매 사이의 경계를, 저 네덜란드 시인처럼 울타리를 사이에 두고 벌어지는 두 화가의 그림 이야기를 하지 못하는가.

촛불이 광화문을 뒤덮은 날 밤, 탈북 작가들의 모임에서 강연을 했다. 그이들은 자본주의 사회의 산물인 노벨상도 그 상을 수상한 가수 밥 딜런도 생소해했다. 나와 같은 모국어를 썼지만 기실 아이오와에서 만난 작가들보다 공감하는 부분이 적은 느낌이었다. 분단 시대를 살아온 작가로서 현실을 다시 실감하는 밤이었다. 강연을 마치고 거리를 한참 걸었다. 현실 정치의 부조리와 분노보다 인간의 본질을 깊이 투시하고 그것을 언어로 표현하는 능력을 갖고 싶다.

혁명은 정치가 아니라 문자로 된 문학의 혁명이어야 더 좋을 것이다. 분단국에 필요한 혁명 또한 바로 그것이 아니겠는가.

J의 정크아트

　　거뭇한 턱수염에 키가 껑충하니 큰 화가 J를 뉴욕에서 다시 만났다. 그와 처음 인사를 나눈 건 20대 중반 시절 인사동 어느 화랑에서였다. 그는 당시 한강 변 모래 위에서 한 여성 화가와 나체로 몸에 페인트칠을 하는 퍼포먼스를 벌여서 신문지상을 뜨겁게 달궜다. 예술가로서의 실험 정신은 인정하지만 나체로 풍선을 터뜨리고 온몸에다 페인트를 칠하는 화제성 해프닝에 대해서는 다소 의심스러웠던 게 사실이다. 그래서는 아니었지만 그에게 괜히 좀 쌀쌀맞게 굴기도 했다. 그런 J를 뉴욕에서 재회한 것이다.

　　늦은 유학길에 오른 내게 뉴욕은 거칠고 매몰찬 도시였다. 슈퍼스타 콤플렉스에 가득 찬 이 도시한테 발로 냅다 걷어차인 기분으로 하루하루를 견뎠다. 그때 그의 꺼벙한 예술가적인 포즈와 웃음은 묘한 공감을 불러일으켰다. 한국에서 쫓겨나 파리를 떠돌다가 뉴욕에 입성했다는데, 군사정권을 피한 일종의 망명이라지만 사실은 그가 벌인 또 하나의 해프닝이 원인이었을 것이다.

지금은 세계적인 비디오 아티스트로 알려졌지만 그때는 알아보는 이가 많지 않았던 백남준과 함께 명동 국립극장에서 벌인 「피아노 위의 정사」라는 연극이 문제였다. J는 피아노 위에서 나체로 정사를 벌이는 남자 역을 맡았다가 풍속사범으로 몰렸다. 상대 배우는 영등포 어느 여고의 교사였다던가. 아무튼 남녀 행위의 절정에서 두 사람이 겹쳐 누운 포즈로 피아노 건반을 맨발로 마구 두들길 때 J는 그 불협화음이 너무 좋아서 대본에도 없는 웃음을 키득키득 터뜨렸다고 했다.

자유롭고 새로운 것에 탐닉하는 그가 발랄한 뉴욕에 닿게 된 것은 당연한 귀결 같았다. 뉴욕이 참을 수 없이 힘겹고 고통스러웠던 나에게 그의 예술가적인 감각과 순수함은 경이롭기까지 했다.

새롭지 않고 튀지 않는 예술도 예술일까.

그는 '정크아트'라는 작업을 하고 있었다. 다소 한심하고 그래서 슬프기까지 한 작업이었다. 고물상이나 쓰레기 더미에서 주워 온 고물들을 노끈으로 하나하나 감아 이어 주는 작업이 전부로 보였다. 팔리기는커녕 전시조차 쉽지 않은 무모한 작업이었지만 혼신을 다했다. 문명사회에서 소외되고 버려진 것들에 온기를 불어넣어 생명을 더하고 예술의 옷을 입히는 것이라고 그는 설명했다.(훗날 그 작업으로 브루클린의 '이달의 화가'에도 뽑혔다고 한다.)

그런 그가 한국에 있을 때 한 후배 여성 화가의 결혼식에 주례를 맡은 적이 있다고 한다. 신부인 여성 화가는 청바지 위에 웨딩드레스를 덧입고 나와 하객들을 깜짝 놀라게 만들었단다. 수말처럼 자유로운 주례와 파격적인 신부! 결혼이라는 제도 속에 집어넣기에는 위태하고 그로테스크한 인물들이 아닌가. 아니나 다를까 정작 J는 얼마 후 이혼하고 파리를 거쳐 뉴욕으로 떠나왔다. 반대로 청바지 입은 신부였던 여성 화가는 화투부터 말 그림까지 독특한 화법으로 인기 있는 화가가 되었다.

J의 부음은 신문에서 보았다. 40대의 나이를 못다 끝마치고 그만 세상을 떠났다고 했다. 영어를 잘하지도 못하면서 '아티스트'라는 말을 할 때면 꼭 미국식으로 "아리스트"라고 발음하던 그의 허스키한 목소리가 귀에 쟁쟁했다.

친구인 황석영은 그를 두고 이렇게 말했다.

"예술이 주는 보상에 대해 J만큼 철저하게 관심을 두지 않은 사람은 없었다."

꽃들이 무성하게 피어나는 큰 꽃나무 밑에는 반드시 죽

은 사람의 혼이 들었다는 설화를 읽은 적이 있다. 꽃이 핀 날이 아니라도 떠나간 얼굴들이 그리워 진종일 가슴이 아릴 때가 많다.

인간은 참 오묘한 동물이다. 가장 행복한 순간에 눈물을 글썽이고, 가장 눈부신 생명의 계절에 생의 덧없음을 떠올린다. 얼마 후면 저 푸른 잎들이 지고 그 위에 기억처럼 눈이 덮일 것이다.

붉은 혀로 칼날을 핥는 시인

부드럽고 붉은 혀로 칼날을 핥듯이 금기와 위험에다 혀를 대는 존재, 창조를 위해 때로는 신성과 맞서는 존재가 바로 시인이다. 그는 고독과 광기로 생명을 유지하며, 영혼은 자유로워 세상에 편입되지 못하고 이상의 세계만을 떠도는 슬픈 아웃사이더다.

찬비가 내리는 도쿄 하라주쿠에서 일본의 젊고 솔직한 여성 시인을 기다리고 있었다. 아무래도 일본은 많은 외국 가운데 하나가 아니다. 식민지 36년의 앵글에서 나는 아직 자유롭지 못하다. 그래서 일본을 방문할 때마다 매 순간이 아프고 복잡해진다. 빼어난 일본 문학을 만나면 더욱 그렇다.

나는 조금 가벼워지기로 했다.

일본 여성 시인 시라이시 가즈코가 생각났다. 딸의 생일 선물로 남근을 주고 싶다고 노래한 그녀는 국제사회에서 이름을 얻고 있는 캐나다 태생의 자유분방한 시인이다. 일본 고유의 정서보다는 모던재즈로부터 많은 영향을 받았다고 했다.

그녀를 처음 만난 것은 1980년대 어느 날, 광주의 참혹함과 군부독재의 억압으로 인해 심신이 피폐해 있을 때였다. 도쿄의 다이아몬드 호텔 작은 방에서 방글라데시에 가 있는 외교관인 오빠에게 밤새워 편지로 광주의 뒷이야기를 쓰며 숨죽여 울었었다. 그때 그녀를 처음 보았다. 화려한 무대에 서서 광적인 시 낭송을 하는 돌연변이 같은 시인이었다. 알루미늄 빛깔의 우주복을 입고 긴 머리를 풀어 헤치고 특유의 발성법으로 낭송을 하는 무대. 정작 조명은 그녀를 암전 속으로 몰아넣고 대신 무대 한쪽에 서 있는 그로테스크한 인형을 비추었다. 첨단과 괴기와 아름다움이 묘하게 교차했다.

시라이시 가즈코에게서는 마녀의 카리스마가 넘쳐 났다. 전후 세대인 나는 당연하게도 일본어를 알아듣지 못했지만 그녀의 시가 내 가슴에 투명한 얼음처럼 들어와 박히는 것은 느낄 수 있었다. 그의 시 「남근」에는 "딸 스미코의 생일을 위해"라는 부재가 붙어 있었다. 비틀즈의 리더 존 레논의 아내 오노 요코처럼 전후에 나타난 자유분방한 여성들 중 하나라는 생각이 들었다. 부유한 집에서 태어나 국제적인 환경에서 성장한 것도 오노 요코와 비슷하다.

그녀를 다시 만난 것은 1988년 올림픽 전후 서울에서였다. 여전히 젊었다. 내가 다섯 살 때 그녀는 20대로 첫 시집 『계란이 내리는 거리』를 냈다. 미국 시인 앨런 긴즈버그가 번역한 시집이 있다고 자랑하며 그날 영문 시집을 내게 선물로 주었다.

그리고 25년 후 조사이 국제대학에서 다시 만난 것이다. 여전히 짙은 화장을 하고 나타났지만 매우 노쇠한 모습이었다. 오래 지나다니던 거리, 녹슨 신전의 문을 열었을 때 거기에 서늘한 공기뿐이어서 잠시 휘청이는 기분이 들었다.

이후 조사이 대학에서 가즈코와는 또 다른 강렬한 개성의 시인 이토 히로미와 공개 대담을 했다.

"앗 죄송해요! 늦었습니다."

낮고 굵은 목소리를 가진 젊은 시인이 나타났다.

우리는 세계에 부는 미투 운동과 일본 여성들의 좌절과 침묵에 대해 터놓기 시작했다. 비가 그친 오모테산도 거리에 하나둘 가로등 불이 들어오고 있었다.

테라스의 여인

외로움이 절규처럼 터져 나와 보는 이를 으스스하게 만드는 사람을 만났다.

일찍이 정지용은 노천명을 향해 "안으로 열(熱)하고 겉으로 서느러운 탁월한 시인 기질을 가졌다."라고 했다. 그런 의미에서 노르웨이의 시인 리브 런드버그는 그 뜨거운 시에 비해 겉으로 서늘한 기질을 지닌 시인이 아닌가 싶다.

죽는 순간까지 파라오다운 위엄을 잃지 않은 여왕 클레오파트라는 원래 마케도니아의 딸이었다. 시간이 범접하지 못하는 아름다움과 역사가 있는 마케도니아 스트루가에서 그녀를 만났다. 고도 스트루가에는 파라오의 딸이 아닌 시를 쓰는 뮤즈들이 모였다.

조용한 마을 흙벽에 걸린 붉은 고추와 총을 가지고 노는 아이들, 튼튼한 팔목으로 도끼를 움켜쥐고 장작을 패는 시어머니와 며느리들의 모습이 눈에 들어오는 풍경 속에 각국에서 온 여성 시인들은 급속도로 가까워졌다.

인간이 다반사로 죽어 가는 발칸반도를 CNN 뉴스를 통해 많이 보았다. 낯익은 구릉과 수도원이 있는 바닷가에서 함께 술을 마시고 시를 읊는 축제에 참가한 게 즐거운 한편 아이러니했다.

그 시인들 중에 런드버그는 안개 속을 흐르는 페르 귄트의 음악처럼 깊은 눈빛을 지니고 있었다. 그녀의 손에는 언제나 술잔이 들려 있었고, 밤이 깊도록 호텔 로비에 혼자 앉아 달을 쳐다보며 술을 마셨다. 자주 그 곁에 앉아 침묵과 총에 대해, 사랑과 예술혼에 대해, 그리고 여성 문제에 대해 의견을 나누었다. 북유럽 국가들이 대부분 그렇듯이 노르웨이 또한 여성의 지위가 비교적 높고 이혼에 대한 편견도 심하지 않다고 그녀는 말했다.

"이혼? 사실 너무 쉽죠."

그녀는 그것이 오히려 문제라는 얘기도 했다. 세 번의 결혼과 이혼, 그 가운데 두 번째 남편과의 사이에 딸을 하나 두었다는 시인은 이제 홀로 살며 집필에 전념하고 있다고 했다. 딸이 최근에 결혼하여 독립하면서 더욱 자유로워졌다며 처음으로 웃었다. 그러나 계속하여 술잔을 입술로 가져가며 혼잣

말처럼 말했다.

"그런데 웬일인지 모르겠어요. 아주 외로워요."

"시인이 외롭다는 것은 좋은 뉴스가 아닌가요?"

나의 응수에 그녀는 어깨를 으쓱 올렸다 놓았다. 양미간에 주름이 빗살 무늬처럼 번지었다. 베리만의 영화마다 등장했던 여배우 리브 울만이 자꾸만 겹치어 떠오르는, 입센과 뭉크의 나라에서 온 런드버그는 노르웨이 정부로부터 작가 기금을 받아 생활하는 시인이다. 『심장의 거울』, 『산뜻한 목소리』, 『꿈꾸는 돌』, 『초심』 등의 책을 출판했고 영어, 덴마크어, 스웨덴어, 중국어, 독일어 등으로 번역 소개되었다고 한다. 그녀의 시는 음악과 춤과 텔레비전 영상물로 만들어져 널리 알려지고 있다. 트롬스 대학에서 창작 워크숍의 리더로 활약하는 그녀가 먼 나라 호텔 라운지에 앉아 홀로 술을 마시고 있었다.

며칠 후 수도인 스코페로 옮기어 산정의 호텔에서 그녀를 다시 만났다. 그녀는 야생 고양이에게 밥을 주기 위해 빵부스러기를 들고 호텔의 숲속으로 들어갔다. 검은 드레스와 긴 머리, 쓸쓸하게 구부린 뒷모습이 한 폭의 이미지였던 그녀를 시 한 편으로 부활시키고 싶었다.

미국 화이트 파인에서 나온 나의 영역 시집 제목이 '테라스의 여자(Woman on the Terrace)'로 정해진 것은 또 무슨 인연일까. 런드버그를 언젠가 다시 만나면 이 시집을 꼭 선물하고 싶다.

테라스의 여자

마지막 화살을 쏘아 버린 퀭한 눈을 하고

긴 손톱으로 담배를 피우는 여자

아무렇게나 풀어 헤친 머리칼

주름진 입술에 붉은 술을 붓는 여자

쉬운 결혼들, 그보다 더 쉬웠던 이혼들

그러나 모든 게 좋아

가끔 외롭지만 그것도 좋아

그 많은 상처와 그 많은 고백들은

무슨 꽃이라 부르는지 몰라도 좋아

덧없는 포옹, 바람처럼 사라진 심장 소리

말하자면 통속이지만

그 아픔이 모여 인생이 되지

도깨비바늘처럼 달라붙을까 봐

날렵한 농담으로 피해 가는 뒷모습들 바라보며

홀로 어깨를 들썩이며 웃는

테라스의 여자

생전 처음 만났는데

어디선가 많이도 보았던

수많은 저 여자

정전되는 도시

다시 마케도니아를 찾았다.

이번에는 스트루가가 아닌 테토보 초청이었다. 밀코 만체프스키의 영화 「비포 더 레인」에 매혹되어 마케도니아를 다시 한번 보고 싶던 터였는데 마침 알바니아계 시인들이 테토보를 중심으로 펼치는 '세계시축제'의 초대장을 보냈다. 알바니아 출신 작가 이스마일 카다레를 떠올리며 테토보 축제에 참가하기로 했다. 사실 이 행사를 주관한 대표가 서울로 전화까지 걸어 서툰 영어로 간곡하게 초청을 한 때문임은 말할 것도 없다.

그의 설명에 의하면 테토보는 마케도니아 인구 중 알바니아계가 30퍼센트에 이르는 도시이며, 테토보 세계시축제는 알바니아인의 민족적 행사로 여겨진다고 한다. 이스마일 카다레의 소설 몇 권을 챙겨 넣고 한국에는 아직 적성국으로 분류되어 있는 나라로 향하는 비행기에 몸을 실었다. 그는 카프카, 헉슬리, 오웰의 계보를 잇는 작가로 평가되며 해마다 노벨 문학상의 가장 강력한 후보로 점쳐진다. 얼마 전 우리나라를 다녀간 적도 있어서 더욱 친근했다.

이스탄불에서 어렵게 연결된 비행기가 마케도니아의 수도 스코페 공항에 도착했다. 내 고향 보성역보다 작은 공항, 마지막 승객까지 빠져나간 텅 빈 공항에서 완장 찬 남자들로부터 겨우 비자를 받아 내는 데 성공했다. 카다레가 묘사한 "꿈의 궁전" 속의 현실이 사방에 잠복해 있다가 기회만 되면 고압선의 불꽃처럼 덤벼들 것 같았다.

마중 나온 번역자 실케 부릅버그를 따라 캄캄한 산길을 다시 한 시간을 달려 테토보에 도착했다. 몇 해 전 보았던 낯익은 광장에 문화궁전과 성당이 있었다. 오래된 빈곤의 흔적이 얼룩진 것도 여전했다. 「비포 더 레인」의 첫 장면처럼 검은 새들이 비명 소리를 내며 어둠 속을 날아가고 있었다.

천장이 높고 온기라곤 없는 낡은 호텔에 들어서자 웃어 본 지가 30년은 된 것 같은 남자가 투포환이 달린 무거운 열쇠를 덜컥 내민다. 방에 들어서니 이곳 시인들이 미리 보내 준 환영 과일 바구니가 눈에 띄었지만 타월은 2년쯤 사용한 철사처럼 빳빳한 회색이다. 바쁘고 많이 소비한다는 것이 우월의

증거는 아닐 것이다. 나에게 묻은 문명과 자본의 때에 흠칫 놀랐다.

'세계시축제'는 도시 전체를 뒤덮는 불꽃놀이를 시작으로 민속 의상을 입은 뮤즈들의 춤 속에 나흘 동안 계속되었다. 오프닝 때 뜻하지 않게 '사우스코리아'라는 국적과 함께 내 이름이 들려 어리둥절하고 일어섰다. 나의 시 「분수」가 '올해의 최고 작품상'에 호명된 것이다. 그때부터 테토보라는 도시에서 단숨에 유명해져 버리는 이상한 현실을 목격했다.

아일랜드에서 온 시인 데스몬드 에건에게는 '최고 시인상'이 수여되었다. 셰이머스 히니와 쌍벽을 이루는 아일랜드 시인이다. 그가 준 시집과 BBC가 제작한 영상을 보았다. 깊이와 서정이 적절히 교직된 빼어난 시인이었다.

시 축제 본 행사는 텔레비전으로 생중계되었다. 동유럽 전역에 잘 알려진 유명 아나운서가 진행하는 이 화려한 행사는 그야말로 시민의 축제였다.

다음 날 또한 여러 행사가 이어졌지만 마침 라마단 기간이어서 낮 동안 모든 카페와 식당은 문을 닫았다. 유일하게 문을 연 카페 '티보리'에 앉아 이스마일 카다레의 『꿈의 궁전』과 『부서진 사월』을 마저 읽었다. 그가 사랑하는 도시에 와서 그가 묘사한 기발한 꿈과 지옥 속을 헤엄쳐 다니는 것은 새로운 경험이었다.

버스를 타고 이동해 수도인 스코페의 극장에서 시 낭송을 할 때 갑자기 정전이 되어 행사를 중단하는 일이 벌어졌다. 마케도니아계의 인종 탄압이라고 누군가 귀띔했다. 관계자가 의도적으로 전기를 끊은 것이다.

작년에는 이 축제를 같이했지만 지금은 파리에서 글쓰기에 전념하고 있다는 이스마일 카다레가 다시 떠올랐다. 그가 아니더라도 정치적 소외와 빈곤 속에서도 문학의 자부심으로 가득한 알바니아 작가들이 여럿 보였다. 카프카가 있는 프라하의 황금 소로처럼, 고흐를 가진 암스테르담처럼, 조지아 오키프를 가진 산타페처럼 그렇게 테토보라는 작고 추운 도시는 위대한 작가의 혼을 사랑하고 있었다.

깊은 상처를 가진 도시에서 나는 '문학이 발명한 지옥'을 겪으며 동시에 천국의 가능을 깊이 체험한 것인지도 모르겠다.

순간 모든 언어를 잃었어요

마케도니아 호텔 특실 6층에서는 테토보 시내 한복판 문화예술극장 앞 넓은 잔디 광장을 정면으로 내려다볼 수 있다. 멀리 산들과 도시의 지붕들과 거리가 한눈에 들어왔다. 얼마쯤 그렇게 창가에 서 있었을까. 눈으로는 테토보의 광장을 보며 머릿속으로 끝없이 서울을 생각했다. 두고 온 삶과 한국의 시들을.

망할 놈의 예술을 한답시고……. 찰스 부코스키의 시가 떠올랐다. 자나 깨나 시, 시, 시 하다가 한 생애가 시시하게 저물고 있는 것 같았다.

광장 저쪽에서 대학생쯤으로 보이는 한 패의 젊은이들이 나를 향해 휴대폰 카메라를 들이대었다. 반사적으로 창문을 닫았다. 그때 노크 소리가 들렸다. 방문을 열자 첫눈에도 풋풋

하고 아름다운 여학생 네 명이 덥석 꽃다발을 안겨 준다. 또렷한 영어로 조직위원장이 보낸 것이라고 했다.

나는 대답했다.

"나의 창문을 줄리엣의 창문으로 만들어 주셔서 감사하다고 로미오에게 전해 주세요."

그녀들은 일제히 웃었다. 유머가 통한 것 같아 나도 기뻤다.

저녁 7시 붉은 머플러를 두르고 나갔다. 도시 전체에서 '세계시축제'의 불꽃놀이가 시작되었다. 문화예술극장 입구 양쪽으로 알바니아 고전 의상을 입은 이들이 꽃등을 치켜들고 도열해 있다. 부채를 들고 서 있는 선녀 사이를 걸어가는 사극 속 여왕이라도 된 기분으로 꽃등 아래를 걸어 극장 안으로 들어갔다. 테토보 시민들과 바로 강 건너에서 온 알바니아 사람들로 극장은 만당이었다. 발칸 지역에서 유명하다는 텔레비전이 현장을 중계했다. 인사말, 축사, 두 번째 축사, 선언문 낭독 등이 지나고 아일랜드 시인 데스몬드 에건이 시인상을 받았다. 그러고는 웬일인가, 내 이름이?

"문초웅회."라고 호명하는 것을 나는 들었다. 뒤는 앞서 쓴 그대로다.

호텔 바에서 열린 뒤풀이에서 데스몬드 에건이 물었다.

"아까 갑자기 상을 받을 때 정말 모든 언어를 잃어버렸다는 소감이 매우 의미심장하더군요."

나는 대답했다.

"가슴속에서 얼음 바위가 깨지는 소리가 들렸어요. 외롭고 고독했어요."

그는 마구 웃었다. "당신 진짜네." 그런 말을 취중에 하는 것 같았다.

다음 날 새벽에 호텔을 나왔다. 한국으로 가는 비행기를 이스탄불에서 갈아타려면 다른 수가 없었다. 나는 데스몬드 에건의 방문 앞에 전날 받은 꽃과 서울에서 가져온 부드러운 티슈 한 상자를 두고 왔다. 물론 한 장의 카드도 잊지 않았다. 이듬해 여름 아일랜드 더블린에서 그를 다시 만날 수 있었다.

올해의 시인상을 받은 덕으로 얼마 있지 않아 알바니아 번역 시집이 나왔다. 제목은 '아침의 종소리'. 한국 시인 최초의 알바니아어 시집이며 알바니아 최초의 한국어 시집이기도 하다. 작가 이스마일 카다레가 2019년 박경리 문학상 수상자로 한국에 왔을 때 나는 노작가에게 그의 모국어로 된 나의 시집을 선물했다. 서로 아무런 말이 없이 책을 들여다보는 순간 잃어버렸다고 생각한 언어가 얼음 바위 틈에서 다시 꿈틀대고 있었다.

내 사랑 활과 리라

『활과 리라』는 문학의 눈부신 피라미드다.

옥타비오 파스가 노벨 문학상에 빛나는 시인이고, 이 불후의 산문이 20세기 스페인어로 쓰인 가장 위대한 책이라는 세간의 평가 때문만은 아니다. 이 책은 인간과 시에 깊이 천착한 거장의 사색이 절정에 이르렀을 때 아름다움과 존재에 대해 쓴 최고의 저서이기 때문이다.

어디를 펼쳐도 가슴 치는 문구들이 튀어나온다. 이만큼 감동과 부러움과 질투에 사로잡히게 하는 책은 없었다. 아니 이 책은 질투라기보다 무력감과 자괴감을 불러일으키는 쪽이다.

그동안 노벨상 운운할 때마다 한국문학은 번역 같은 다른 조건을 갖다 대며 기회의 불운을 한탄했으나 이 책을 읽으며 비로소 우리가 가야 할 길이 얼마나 까마득한지 보이기도 했다.

언어를 사용하는 인간으로 태어나 이 책을 읽을 수 있었던 것은 축복이다.

그가 살던 멕시코를 네 번이나 찾았다. 한번은 취재를 빙자하여 한 달 이상 곳곳을 돌아다녔다. 그때마다 아즈텍과 태양의 돌이 나의 핏속에서도 분출하는 착각을 느꼈다. 눈부신 인류의 유적들이 역사와 시대와 인생의 본질을, 생명의 아름다움을 말하고 있었다. 옥타비오 파스는 그것을 언어로 쓴 것이다.

인도 뉴델리에 갔을 때 마침 옥타비오 파스가 1962년부터 1968년까지 인도 주재 멕시코 대사를 지내는 동안 남긴 그림 전시회가 있었다. 섬세한 필치의 작은 작품들은 그의 또 다른 시선과 감각을 엿보게 했다. 그는 인도에서 외교관으로 근무하다가 멕시코 정부가 민주화를 요구하는 학생들을 체포하는 것에 항의하며 외교관을 사임했다고 전해진다.

서가에 꽂힌 여러 언어로 된 그의 시집들과『흙의 자식들』, 뉴욕에서 산 두꺼운 영역본『교류』,『구성 요소』같은 책들을 바라본다. 그냥 슬며시 꽂아 두기만 해도 뿌듯한 책이 있음을 옥타비오 파스로부터 알았다.

디아스포라와 분홍 넥타이

워싱턴 한가운데의 서클 호텔에 짐을 풀었다. 그런데 그냥 호텔 방이 아니다. 안락하고 세련되기는 말할 것도 없고 침실과 거실과 식탁, 그리고 눈길 닿는 곳마다 티브이가 있다. 모던한 의자와 파티를 해도 충분한 부엌도 딸렸다. 소위 스위트룸, 넓은 파우더룸에다 화장실이 셋이나 되는 호텔 방에서 쉽게 잠들기 어려웠다. 더구나 이 호텔의 위치는 세계를 움직이는 기관들이 즐비한 워싱턴 D.C.의 한복판이지 않은가. 바로 몇 분 거리에 백악관이 있고, 우리나라 사람이면 누구나 아는 IMF 본부 건물도 건너편에 있다. 중요 건물과 각국의 대사관이 웅대한 위용을 드러내는 빌딩들 사이에 서클 호텔은 차라리 고즈넉하게 자리 잡고 있는 셈이다.

쉽게 잠이 오지 않는 이유가 오랜 비행시간과 시차 탓만

이 아니었다. 산해진미가 차려진 기름진 식탁을 대접받으며 가난하고 굶주리던 시절과 가족들을 떠올리는 것은 우리만의 정서요 습관일까. 미국의 수도 워싱턴 D.C.의 호텔 스위트룸에서 오래 몸을 뒤척였다. 한없이 쾌적하고 현대적인 호텔 방에 누워 추운 유랑의 시절과 떠돌이의 고달픔을 굽이굽이 떠올렸다. 다음 날부터 시작될 조지 워싱턴 대학 한국학연구소 개원 기념 세미나의 주제가 '디아스포라'인 것도 우연이 아닌 듯했다. 우리는 누구나 영원한 디아스포라요 노마드가 아니던가.

워싱턴 D.C.를 방문한 것은 이번이 세 번째. 아이들이 어렸을 때 뉴욕에서 자동차를 타고 함께 왔었다. 링컨 기념관과 스미스소니언 박물관, 알링턴의 케네디 묘소에도 갔었다. 마틴 루터 킹이 연설한 광장에서 "나는 꿈이 있습니다."라는 문장을 떠올리기도 했다. 그때 초등학생이던 아이들은 이제 그때의 자기 나이만 한 아이들을 키우고 있다.

두 번째는 교수들 몇 분과 함께 초청을 받아 왔었다. 카리브 출신의 시인 데릭 월컷도 초청 명단에 있었다. 전날 올드 스톤 하우스 부근에서 늦게까지 와인을 마시고 돌아오는 사이 호텔에 불이 나 주변이 온통 소방수로 인한 물바다였다. 폴리스 라인을 넘어 매캐한 냄새가 밴 방을 찾아 들어갔고, 아침 늦게까지 깨어나지 못했다. 겨우 일어나 행사장으로 내려가니 데릭 월컷은 이미 떠났다고 했다.

데릭 월컷은 1992년 노벨 문학상을 받은 세인트루시아 출신의 시인이다. 그의 시「사랑 그 후의 사랑(Love after Love)」 등이 인상적이었지만 직접 만날 수는 없었다. 2017년 그가 87세로 타계했을 때는 마치 친한 사람이 떠난 것처럼 진종일 가슴이 아릿했다. 하긴 당시 동행했던 교수들과 작가들도 대부분 지금 이 세상에 없다. 교과서를 집필한 교수들을 중심으로 초대된 행사였고 주로 원로들이었다.

아침 일찍 부스스한 얼굴을 다듬고 드디어 조지 워싱턴 대학에 갔다. 한국과 오랜 인연을 이어 온 조지 워싱턴 대학에 한국학연구소가 이제야 정식으로 개원하는 것은 늦은 감이 있다. 미국, 캐나다, 런던 등 영어권 대학의 한국학 교수들이 모두 참석하여 세미나는 시종 진지하게 이어졌다.

드디어 내 순서가 되었다. 영어로 말하는 부분을 가능하면 줄이고 한국어로 자작시를 낭송하는 부분이 많도록 원고를 준비했는데 다행히도 효과적이었다. 제목은 '디아스포라의 미래'로 정했다. 한나 아렌트와 조르조 아감벤의 이론을 운운하며 지적인 폼을 좀 잡을까 하다가 원고의 방향을 바꾸어 이산과 유랑의 시에 초점을 맞추었다.

행사가 끝나고 주차장으로 가기 위해 엘리베이터를 탔을 때 한 중후한 신사가 말을 걸었다.

"오늘 당신의 한국시 낭송은 정말 인상적이었어요. 세미나가 길고 지루했는데 한국 시를 듣는 순간 한국어의 매력에 폭 젖고 말았지요."

은발의 신사는 목에 건 분홍 넥타이를 풀어 선물이라며 나에게 주었다.

"케임브리지 대학에서 산 것입니다. 기념으로 드리고 싶어요."

순간 정신을 차릴 수가 없었다.

"감사합니다. 이렇게 귀한 선물을 받아도 될까요?"

"나의 기쁨입니다. 받아 주시기 바랍니다."

엘리베이터는 그사이 지하 주차장에 도착했다.

마침 주차장에서 차를 기다리고 있던 K 교수에게 얼른 부탁했다. 멋진 미국 노신사와의 사진 한 장을 놓치고 싶지 않았다. 분홍 넥타이는 워싱턴의 무지개처럼 아름다웠다.

노신사가 손을 흔들며 멀어져 갈 때 문득 델릴라에게 머리카락을 뽑힌 삼손을 떠올렸다. 하지만 과도한 문학적 상상이 아닐 수 없다.

워싱턴의 남은 일정 역시 스위트룸에서 스위트한 잠에 빠지지 못하고 뜨거운 불면으로 온밤을 뒹굴었다.

파리의 동굴 카페

시는 보석이다. 그리고 혁명이다.

이런 말을 좋아하고 한두 번 쓴 적도 있지만 진정 귀한 보석만큼 완미(完美)하고 성공한 혁명처럼 완성된 것이 시일까. 실은 잘 모르겠다.

시는 텅 빈 백지에 시간의 지문이 오래 새겨진 언어를 주워 돌처럼 포개고 쌓아 만든 탑일까. 굴러다니는 미지의 씨앗을 백지라는 땅에 묻어 피어난 꽃의 향기 같은 것이 아닐까. 바람은 탑에서 기도 소리를 듣고 구름은 그림자를 만들고 비는 울음소리를 내고 탑은 때로 새가 되어 허공을 날다가 우박이 되어 다시 하나의 풍경을 이루기도 하는 것이 아닐까. 시는 그렇게 슬픔을 깨우며 스스로 피가 도는 생명이 되는 것은 아닐까.

파리 생제르맹데프레에서 생쉴피스 광장으로 가는 좁은 골목 한가운데에 지하 동굴 바가 있다. 보통 사람은 그냥 지나치기 쉬운 '카페 식스', 그 안으로 들어가 미로를 따라 좁은 나선계단을 내려가면 다소 음습한 지하 공간이 나타난다. 전쟁 중에 비밀 암호를 숨기고 모여든 레지스탕스들처럼 그곳에 시인들은 모였다.

"칼은 여기 있는데 분노는 어디 있나요?" 심보르스카의 시 「박물관」의 구절처럼 한 시대 혹은 한 시절의 격정과 이념은 무엇일까. 한기가 몸을 긴장시키는 동굴에는 와인을 보관하는 한쪽 벽을 제외하곤 벌집처럼 벽과 벽 사이사이로 구멍이 뚫렸다. 넓은 드럼통 모양의 탁자를 둘러싼 선술집을 겸한 동굴 카페였다. 굳이 원하면 의자를 가져다 앉을 수 있지만 모두가 술잔을 들고 돌아다녔다. 벽에 그려진 고대 동물과 거북이와 뱀과 뿔 달린 염소가 살아 움직이는 듯했다.

'마르셰드라포에지'의 피날레 파티였다. 프랑스 시인 마리에 로리의 짧은 시 한 편을 60여 개국의 언어로 번역하여 아름다운 한 권의 시집을 출판한 브뤼노 두세 씨가 생맥주와 와인을 풍성하게 냈다. 나는 한국어로 번역된 페이지를 동굴이 울리도록 크게 읽었다. 대부분 프랑스 시인들이었지만 포르투갈과 남아프리카공화국과 레바논의 시인도 섞여 있었다. 악사까지 초대되어 기타를 쳤다. 연주자는 일본 청년이었다.

오래 표류하던 배가 풍랑을 피해 드디어 항구에 닿은 듯한 밤이었다. 동굴은 에로스처럼 부드러웠지만 화살의 날갯짓으로 비로소 꽉 찼다. 시가 보석이건 레지스탕스 혁명이건 무엇이건 간에 시라는 위험한 물결 위에서 표류한 생애가 그 순간만큼은 후회스럽지 않았다.

젊은 날부터 사랑한 파리, 그동안 스무 번은 더 이 도시에 왔다. 하지만 나는 오늘 밤 오데옹의 지하 동굴, 허름하고 음습한 공간에 정박했다는 느낌 때문에 어느 방문에서보다 자유롭고 행복했다. 취한 시인들의 요청에 못 이기는 척 한가운데로 나가 한국어로 시를 읊으며 순간 여기가 서울 어디지 하는 생각을 했다.

가난하고 부자인 시인 모두가 나의 에로스가 아니고 누구이랴.

그날의 동굴은 베르사유 궁전보다 단연 황홀했다. 언어는 다르지만 시라는 모국어를 밀실에서 나눌 수 있는 이 운명에 기꺼이 몸을 던진 밤이다.

사진 한 장의 서사시

김수영 시인의 묘소에서 찍은 사진 한 장이 앨범에 있다.
1977년 겨울, 도봉산 자락 김수영 시인의 본가 부근이다. 묘
소에 세운 시비에는 「풀」이 새겨져 있다.

바로 한 해 전 현대문학상을 받은 나는 20대를 막 지나고
있었다. 시인의 누이이자 《현대문학》 편집장인 김수명 선생이
민음사에서 처음 나온 시인의 시론집 『시여, 침을 뱉어라』를
특별히 건네주며 나를 격려했다. 그즈음 도봉동 시인의 본가
에 몇 사람이 모이곤 했는데 박재삼, 황동규 시인이 함께했던
기억도 있다. 시인이 떠난 해가 1968년이니까 10주기 전후였
던 것 같다.

시인의 어머니는 서울 음식을 단아한 접시에 담아내셨
다. 옛 여성들이 사향 같은 귀한 향을 옥이나 금은으로 만든

향낭에다 넣어 옷고름에 살짝 차던 법을 일러 주시며 "옛날 반가의 여인들은 향수를 직접 뿌려 대지 않았다."라는 말씀도 하셨다.

어느 날 다시 김수영 시인의 산소에 갔다가 모두 경악했다. 시비에 박힌 시인의 얼굴이 휑하니 뚫려 있는 것을 발견한 것이다. 누군가 김수영 시인의 얼굴을 새긴 동판을 파내서 고철값에 팔아먹은 모양이었다. 자유를 노래한 시인의 얼굴을 고철로 사고파는 시대였다. "시는 온몸으로 온몸을 밀고 나가는 것이다."라는 시인의 말을 되뇌면서 이를 떨며 겨울 산을 내려왔다.

사진 속 미소를 짓고 있는 소설가 김국태 선생은 이미 고인. 민주화의 화신인 동생 김근태 선생마저 고문 후유증으로 타계하고 말았다. 1980년대를 전후하여 10여 년을 수사관이 집 주변에 상주하였으나 늘 웃음을 잃지 않던 가족이었다. 사진에는 서울대 김윤식 교수의 젊은 모습도 있다. 무엇보다 시인의 매씨인 김수명 선생은 빼어난 미인. 허세나 속기라곤 찾을 수 없는, 품격 있는 여성이었다. 김수영의 시와 그의 가족을 사랑하던, 윤택하지만 고독해 보였던 홍남희 여사가 이 사진을 찍어 주었다. 시대는 거칠고 척박했지만 따뜻하고 품위 있는 사람들이 살던 시절이다.

훗날 평창동 영인문학관에서 강연을 하는데 맨 앞자리에

앉은 어떤 부인이 눈에 들어왔다. 김수영 시인의 아내인 김현경 여사였다. 그녀는 내 진명여고 선배다. 만나자마자 손을 잡고 서로 애정을 드러냈다.

"나는 김수영의 시를 가장 좋아해요. 여성 시인 중에는 물론 당신이고." 우스개로 한 말이지만 한 사흘쯤 기분이 좋았다.

고철

어느 해 겨울 김수영 무덤엘 갔었지
말라비틀어진 풀 위에
담배 한 대 피워 올려놓고
망연히 앉아 있었지

북풍에 산들은 얼어 두터운 외투를 입고
그래도 몸이 떨려
희끗희끗한 눈을 두르고 있었지

우리는 보았지

시비에 박힌 그의 얼굴이
횅하니 허공으로 뚫려 있는 것을
누군가 수영의 얼굴을 파내서
고철값으로 팔아먹었지

황량한 겨울이 누르고 있는
마을 뒷산

풀들이 말라비틀어진 무덤을 내려오며
우리들은 모두 말을 잃었지

뚫린 구멍 속으로
자유를 위하여 비상하여 본 일이 있는 사람이면 안다는
그런 바람이 날고 있었지

적멸감을 찾아

세기의 무희, 아시아의 이사도라 덩컨!

무용가 최승희는 식민지 시대를 살면서도 찬사를 받은 여성이다. 딸에게는 교육을 시키지 않을 뿐 아니라 심지어 외출할 때에는 장옷을 두르게 하고, 가마를 타고 울면서 시집을 가던 시대였다. 최승희는 주로 일본을 활동 무대로 춤을 추었지만 동시에 '반도의 무희'로 세계를 휩쓸었다.

과연 그녀는 누구일까, 어떤 사람일까. 일본과 중국에서 그 자취를 취재하기로 했다. 북한에서의 후반기는 어쩔 수 없지만 초기와 전성기를 중심으로 답사를 시작했다.

최승희의 스승인 세계적인 무용가 이시이 바쿠에 대해서는 조금 준비가 되어 있었다. 한국의 한 작곡가의 도움으로 이시이 바쿠의 두 아들인 현대 음악가 이시이 간과 이시이 메이로부터 몇 가지 귀한 자료도 얻었다.

도쿄로 향했다. 그녀의 춤에 반한 문호 가와바타 야스나리, 격정을 참다못한 청년이 무대로 뛰어올랐다는 전설 같은 일화를 떠올리며 일본에서 그녀의 발자취를 천천히 더듬었다. 그녀의 신화에는 언제나 빼어난 미모가 함께했다. 도쿄의 히비야 공회당에서 한 노인을 만났다. 노인은 대뜸 말했다.

"아, 사이 쇼키! 기억하고말고요. 정말 아름다웠지요."

사이 쇼키는 최승희의 일본 이름이다. 고서점 진보초를 뒤져서 기적적으로 다카시마, 정병호 편저의 『세기의 미인 무용가 최승희』라는 책도 샀다. 낡은 책에는 뜻밖에도 오래된 평양《로동신문》이 끼워져 있었다.

당시 이시이 바쿠의 무용연구소가 있었고 후에 최승희가 무용연구소를 열었던 메구로구 지유가오카(자유의 언덕)를 찾아갔다. 그녀가 살았던 부근 에이후쿠지(永福寺) 일대를 돌다가 갑자기 소나기처럼 쏟아지는 절망에 휘청거렸다. 젊은 총각이 정성스레 커피를 내리는 작은 카페에 앉아 한참을 속으로 울었다. 허무라는 말은 너무 크고 흔하다. 한없는 적멸감에 가깝다.

이게 무엇인가. 치열하고 화려했던 한 인간의 자취가 이리도 텅 비다니.

그때 최승희를 결코 쓸 수 없다는 것을 알았다. 글의 주제가 적멸이라면 몰라도 험난한 시대를 산 한 예술가의 영광과 상처를 그리는 일이라면 내게 의미가 없다는 것을 느꼈다. 그녀가 소설가 가와바타 야스나리를 만났다는 진구가이엔(일본 청년회관)에서도 그랬다. 화려한 순간을 찾으면 찾을수록 거기에는 아무것도 없었다. 그림자놀이인가. 바쁘고 무심한 저 인파는 무엇을 찾아 헤맬까. 반도의 무희 최승희 취재에 절망한 것이 아니라 '인생이란 무엇인가.'라는 명제에 절망할 수밖에 없었다. 누군가의 말이 전신을 내리치는 것 같았다.

"아무것도 아니야, 인생은. 확 살아 버려야 해. 획 가 버리거든!"

파리 공연 등을 통하여 그녀의 팬이 된 사람 중에는 피카소, 마티스, 장 콕토, 로맹 롤랑도 있었다고 한다. 미국 배우 로버트 테일러가 연모의 정을 담아 함께 영화를 찍자는 편지를 보낸 일도 있었단다. 이런 기록들을 떠올리며 다시 집필 의욕을 북돋고 싶었지만 허사였다.

그리하여 생애사적인 에피소드보다 그녀의 춤의 본질에 주목해 보기로 했다. 독창적인 창의력, 세련된 춤 동작, 빼어난 작품성, 세계적인 안목, 한성준의 춤을 통한 조선춤에 대한 사랑……. 유럽 공연을 떠나며 어린 딸을 떼어 놓고 눈물을 흘렸던 요코하마 항구와 가부키좌 등을 두루 돌며 팍팍한 마음을 위로해 보았다. 한 인간의 모든 파란만장이 가뭇없는 허무와 절망 그 자체였다.

한밤중에 신주쿠 뒷골목으로 나가 일본 열도를 들끓게 한 영화를 보았다. 모리타 요시미츠의 「실낙원」이었다. 불륜 끝에 두 남녀가 독약을 술에 타 마시고 정사(情死) 하는 내용이었다. 흰 눈 위에 떨어지는 붉은 피는 탐미의 극치를 상징하는 한 송이 꽃이었다.

귀국 후 참 어이없는 에피소드가 나를 웃게 만들었다. 무희의 원고를 쓰지 못해 심란해하는 중에 일본 잡지 한 권이 배달되었다.

잡지에 실린 한 에세이의 제목이 「시인, 무희, 실낙원」이었다. 제목 밑에 제법 큰 활자로 '한국 시인 문정희 도쿄에서 전설의 무희 취재 동행기'라는 부제가 붙어 있었다. 글 쓴 사람은 일본인 평론가 K. 대학원 시절에 잠깐 함께 공부한 K를 만나 가부키를 보고 헌책 거리인 진보초를 돌았었다. 그는 그것을 계기로 오히려 나를 취재하여 잡지에 기고를 했던 것이다. 뛰는 사람 위에 나는 사람? 역시 일본인은 다른 것일까. 헛웃음이 나왔다.

그 후 다시 베이징으로 가서 천안문 바로 옆 베이징 호텔과 최승희 무용연구소가 있던 둥청구 등을 취재했다. 그녀에게 영향을 끼친 전설의 경극 배우 메이란 팡의 흔적과 귀한 자료를 골동품 거리인 유리창에 나가 어렵게 구입했다.

결국 이런 모든 것도 이미 가득 차 버린 적멸감을 이기지 못했다. 어리석고 무력하고 무모하고 치열했던 한 시절이었다.

사막을 날아다니는 풀

"예술가는 악마들에게 쫓기는 짐승입니다. 그는 왜 악마에게 선택되어 쫓기는지를 모르고 너무 바빠서 그런 걱정을 할 여유조차 없습니다……."

윌리엄 포크너의 말이다. 나는 늘 쫓기는 짐승처럼 살았던 것 같다. 그래서인가. 불안하고 외로워 보이는 시인을 만나면 금방 혈족의 정을 느낀다. 손을 잡으면 틀림없이 따스한 사랑과 슬픔이 건네져 오는 시인을 사랑한다. 머리칼 색깔도 다르고 추억의 무늬도 다르고 언어도 다르지만 변화무쌍한 이 세기를 문학이라는 궁핍한 옷을 입고 함께 달려가고 있는 존재로 느끼는 것이다. 그래서 그들은 영원한 고향 사람이요 혈족이다.

오랜만에 들른 샌프란시스코 버클리 대학 정문 앞 카페

'산타페'의 노란 문을 밀고 들어갔다. 버클리 다운타운이 주는 자유의 공기가 실내에도 가득 떠돌고 있었다. 화장기라곤 없는 금발 여자가 긴 손가락으로 와인을 홀짝이는 모습이 눈에 들어왔다. 백발의 클라크는 바로 그녀의 옆 테이블에 앉아 있었다.

오래전 아이오와 대학에서 헤어진 이후로 처음이었다. 그사이에 백발은 더욱 성성해졌고 살이 조금 찐 듯도 했다. 그는 아이오와 대학 창작 워크숍의 감독을 마치자마자 캘리포니아 버클리 대학으로 내려와 창작론을 강의하고 있었다. 아내인 소설가 바라티 무커르지는 새 소설의 마지막 부분을 고치느라 애고니(agony, 고뇌. 이런 표현에서 더욱 동족애를 느낀다.)에 빠져 있다고 했다.

우리는 와인부터 주문했다. 맑고 큰 유리잔에 담긴 캘리포니아산 붉은 와인은 그의 표현대로 하자면 우리의 반가움과 흥분을 확실하게 보장해 주었다. 클라크가 쓴 소설『콜카타의 낮과 밤』이 영화화된 것을 한국에서 주말의 명화 시간에 티브이로 보았다. 그리고 그가 쓴 또 하나의 소설『내겐 아버지가 있었다』도 그의 사인과 함께 서가에 여전히 꽂혀 있다. 아내인 무커르지의 소설『자스민』은 최승자의 번역으로 한국에서 오래전에 출판되었다.

"지난봄에 부다페스트에 가서 조지 슈피로를 찾았는데

이상하게도 그 사람 전화가 특별히 보호되고 있었어요."

"올해 극작가로서 노벨상 후보가 되었나 보군."

"그의 친구인 영화감독 얀초를 한국의 한 절에서 영문학자의 소개로 만났을 때 그가 헝가리의 유명한 극작가라는 것을 알았지요."

"이집트의 슐레멘도 현재 주목을 받는 시인의 한 사람이랍니다."

슐레멘이라면 이가 까맣던 시인으로 사람 좋은 웃음이 먼저 떠올랐다.

"참, 영문과의 캐럴린에게 놀라운 소식이 있어요. 정희의 시를 번역문학 시간의 텍스트로 올리기도 했었지요?"

"캐럴린은 남편하고 사별했지요?"

"캐럴린이 방글라데시의 시인과 사랑에 빠져 인도 콜카타로 떠났어요. 매우 가난한 시인인데 어찌나 존경을 받는지…… 식당에 가건 비행기를 타건 다 공짜랍니다."

클라크와 나의 이야기는 숨 쉴 틈조차 없이 계속되었다.

온몸으로 생을 살고 있는 사람들의 이야기는 가십이 아니라 감동이었다.

문학의 본질을 향한 충돌보다는 겨우 소소리바람이나 세파 정도를 견딜 만한 방탄조끼를 마련하는 데 에너지를 소모하고 산 것은 아닐까. 날마다 자기 배꼽 들여다보기나 일삼고 있었던 것은 아닐까.

"앤드류가 뉴질랜드를 떠나 프랑스의 여성 비평가 크리스틴이 있는 캐나다로 간 것은 알지요?" 앤드류와 크리스틴이 '자바 하우스'에서 밤늦도록 이마를 마주하고 다람쥐들처럼 다정하게 소곤거리던 것이 떠올랐다.

버클리 다운타운에 노을이 드리우기 시작했다. 무언극 배우가 길 한가운데서 검은 빗자루 귀신 복장을 하고 공연을 하고 있었다. 산타페에서 나와 버클리 캠퍼스를 걸었다. 시계탑 아래에 서니 십수 년 전 이곳에 처음 왔을 때 함께 걸었던 시인이 생각났다.

퓰리처상 수상 시인 게리 스나이더의 번역 시집 『무성』을 내놓고 돌연히 세상을 떠나 버린 강옥구 시인. 숲속에서 그녀의 시처럼 허밍버드가 울었다.

클라크와 헤어져 서울로 돌아오기 전 데스밸리에 갔다. 풀들이 사방에 굴러다녔다. 회전초들은 건초 덩어리로 사막을 굴러다니다가 어쩌다 비가 오는 날이면 재빨리 땅에 뿌리를 내린다. 그렇게 생명의 번성을 꾀하며 사막에 영원히 살아남는다.

새처럼 날아다니는 풀. 자유로운 혼을 가진 사막의 식물이다. 자본과 폭력으로 얼룩진 지구라는 사막에 사는, 시인을 닮은 풀들을 오래오래 바라보았다.

섬도를 아시나요?

　어느 도시이건 그 도시에 살았던 빼어난 사람들의 기억을 몇 가지쯤은 보물처럼 간직하고 있다. 파리나 뉴욕이 에펠탑이나 자유의 여신상이 있어서 아름다운 것이 아니라 많은 예술가들이 그곳에서 영감을 얻고 살았기 때문임은 말할 것도 없다. 빈이나 베네치아나 프라하 혹은 아바나도 그렇다.

　언젠가 태국의 방콕에 갔을 때였다. 남방불교의 화려한 유적들과 사철 푸른 해변이 아름다운 방콕은 관광도시 이미지가 커서 그다지 설렘을 주지 못했지만 『달과 6펜스』의 작가 서머싯 몸이 한때 소설을 썼다는 '오리엔트 호텔'이 있는 도시 방콕은 새로운 감동이었다. 한 작가의 흔적을 자랑스럽게 간직하고 있는 호텔과 함께 방콕은 불국토의 위엄과 문화의 격조를 갖춘 도시로 다가들었다.

최근에 방문한 중국 쓰촨성의 청두가 그랬다. 두보와 이백을 비롯하여 근대의 루쉰에 이르기까지 수많은 문인을 배출한 중국이지만 특히 청두라는 도시에서 여성 시인 설도의 흔적을 보는 것은 감격이었다. 그녀는 당나라 여성 시인으로 원래는 장안 태생이었으며 아버지를 따라 이곳에 와서 살았다고 한다. 도시 중심에서 좀 떨어진 공원에 그녀가 좋아했다는 창포와 대나무가 만발했고 우물가에 조금 통통해 보이는 입상이 서 있었다. 두 마리의 사자를 지나가면 그녀가 만들었다는 종이인 설도지를 증명이라도 하듯이 기념품 가게에 여러 종이들이 전시되어 있었다.

"꽃잎은 하염없이 바람에 지고/ 만날 날은 아득타 기약이 없네/ 무어라 맘과 맘을 맺지 못하고/ 한갓되이 풀잎만 맺으려는가."

그녀의 시 「동심초」는 원제가 '장한가(長恨歌)'이다. 시인 김안서의 명번역으로 우리의 가슴을 저리게 만드는 절창이 되었다.

청두는 우선 두보의 초당이 있어 유명하고 유명 사찰인 무후사도 많은 학자와 시인의 흔적을 보여 주어 문화적 깊이를 더하지만 무엇보다 여성 시인 설도가 있어 더욱 친근하게 느껴진다.

세계가 한 마당처럼 가까워지는 시대다.

서울을 방문하는 세계의 사람들은 어떤 이미지를 떠올릴까. 더 이상 한국전쟁만을 떠올리지는 않을 테지만 혹시 이태원이나 명동, 동대문시장 혹은 한류 배우나 케이팝 스타의 얼굴 정도를 떠올리다가 돌아가는 것은 아닐까.

한때 스치는 바람이 아니라 시간이 지날수록 그 가치가 더욱 깊어지는 것을 우리는 명작이요 고전이라 부른다. 방콕과 청두를 떠돌다 문득 내가 사는 도시를 떠올려 본다.

시카고 시인 리영리

　　시인 리영리를 만난 것은 그의 쌍둥이 형인 화가 리린리의 화실에서였다.

　　아이오와 대학에 있을 때였다. 시카고에서 전시회를 열고 있는 화가를 따라 리린리의 작업실을 찾은 날, 한국의 여성 시인이 왔다는 형의 연락을 받고 그는 성큼 달려왔다. 마치 「왕과 나」의 율 브리너 같았다. 수도사처럼 밀어 버린 헤어스타일에 검정 터틀넥 스웨터를 입고 있었다. 침착하고 지적인 눈빛에 시인보다는 배우 같았고 아주 패셔너블했다. 실제로 그는 디자인 회사에서 일하고 있었다.

　　그가 『로즈』라는 시집을 선물로 주었다. 나의 영역 시 「꽃 한 송이」를 인상 깊게 읽었다고 했다. 답문 삼아 '유붕자 원방래 불역락호(有朋自遠方來 不亦樂乎, 먼 데서 친구가 찾아오니

기쁘지 아니한가.)'라는 논어의 한 구절을 써서 장난스럽게 보여
주자 한자를 몰라 부끄럽다고 낮게 말했다.

화가 리린리와 시인 리영리는 중국인 부모를 둔 쌍둥이
다. 백인 쌍둥이 자매와 결혼하여 한 건물의 다른 층에서 살고
있다. 마오쩌둥의 주치의와 수카르노의 의료 고문을 지낸 부
친은 정치범으로 몰려 인도네시아 등지에서 유랑을 거듭하다
마침내 미국에 정착하게 되었다. 그날 밤 진한 중국인의 가족
관계를 엿볼 수 있었다. 실제로 리영리의 시에는 가족 얘기가
가득하다.

여동생이라면 장미와 아름다움을 겨루었을 것이고
어머니라면 그 앞에 목례를 하고는
아버지의 무덤으로 가져갔을 것이다. 그곳에
아버지는 장미를 7일 동안 내버려 두었다가
돌아와 영원히 가져가셨을 것이다.

— 리영리의 시 「언제나 장미 한 송이를」에서

그들과 헤어진 후 호텔에 돌아와 새로 산 초록 잠옷을 입
고 밤 깊도록 그의 시를 읽었다. 그와의 만남은 경험이 아니라
하나의 신선한 충돌이었다. 미국 공공 도서관에서 그의 대담
과 시 낭송 비디오를 빌려 보았다. 버클리 대학 '런치 포엄스'

무대에 섰을 때 그가 이 무대를 얼마 전 다녀간 것을 확인하기도 했다. '스트루가 세계시인축제'에서 만난 미국 시인 파멜라는 가장 좋아하는 시인으로 서슴없이 리영리를 꼽았다.

'내 사랑하는 사람들의 잠든 모습을 보며'라는 제목으로 그의 시집이 한국에서 번역 출판될 때 뒤표지에 추천사 몇 줄을 얹었다. 그의 시가 멀리서 친구처럼 찾아오니 어찌 기쁘지 아니했겠는가.

방탄복을 입고

티그리스강으로 가는 길은 험난하고 신비했다.

이라크전이 종식되어 가던 즈음이었다. 하지만 전쟁의 불씨가 잠복되어 있던 시기였으므로 쿠웨이트에서 방탄모와 방탄복을 착용한 후 다시 군용 비행기로 갈아타야만 했다. 난생처음 착용한 방탄모는 그 무게만큼이나 복잡한 의식으로 나를 짓눌렀다.

인간에게 전쟁이란 무엇인가? 체중이 감당하기에는 버거운 방탄복 속에서 고통스러운 질문을 허공에 던졌다. 표적 공습을 피하기 위해 비행기는 급격한 상승과 하강을 거듭했다.

그렇게 어지러운 비행을 얼마쯤 견디었을 때 마침 2층 조종실에서 잠시 올라와도 좋다는 전갈이 왔다. 바그다드를 가로질러 흐르는 티그리스강을 보여 주고 싶다는 배려였다.

티그리스강은 유프라테스와 함께 세계 4대 문명 발상지의 하나가 아닌가. 조종실에 올라서는 순간 서늘한 감동이 물결쳤다. 하늘에서 내려다보는 지상은 꿈결처럼 부드럽고 평화롭기만 했다. 저곳 어딘가에서 자살 테러가 자행되고 총소리와 지뢰 폭발음이 난무하는 전쟁이 지속되었다고 믿기 어려울 만치 아름다웠다.

"바그다드에서 쿠웨이트 쪽으로 흐르는 청록색 비단 끈처럼 보이는 저 강이 바로 티그리스입니다." 젊은 군인이 가리키는 쪽에는 낫같이 완만한 곡선을 그으며 천년과 만년의 강물이 유유히 흐르고 있었다. 저 강을 중심으로 인류의 삶이 시작되고 찬란한 고대 메소포타미아 문명이 꽃피었다. 또한 이 일대는 아랍 문학의 최고봉인 『아라비안나이트』가 탄생한 문학의 원류이기도 하다.

인류의 시원에 서면 어디선가 첫닭이 우는 소리가 들려야만 하는 것은 아닐까. 하늘 한가운데, 몸이 덜덜 떨릴 만큼 폭음을 뿜어 대는 군용 비행기 속에서 방탄모를 쓰고 인류 문명의 모천(母川)을 바라보는 심정을 언어로 표현하기 힘들었다.

비행기에서 내려 자이툰 부대 장병들과 감격 어린 아침 식사를 할 때 이렇게 인사를 대신했다. "어디든 지하 1000미터를 파면 거기 뜨거운 물이 솟는다고 합니다. 우리는 그것을 온천이라고 부릅니다. 오늘 아침 내 가슴의 가장 깊고 뜨거운 곳에서 솟아오르는 한 줄기 눈물을 여러분에게 드리고 싶습니다. 감격과 감사를 퍼 올려 이 아침을 여러 장병들과 함께 나누고 싶습니다."

시간의 부식을 견디지 못한 데다 전쟁의 상처가 깊고 깊어서 손을 댈 수 없을 만큼 노쇠한 아르빌성 곳곳에 나 있는 미로들을 방탄모를 쓰고 돌았다. 폴 오스터의 『뉴욕 3부작』을 보면 바벨탑은 히브리 국가의 동쪽에 위치한 메소포타미아에 있는 성이라고 한다. 인간의 타락과 언어의 타락이 동반한 것이라는 얘기도 나온다. 혹시 아르빌성이 바로 바빌론과 바벨탑의 원형은 아닐까. 오래전 인간의 흔적이 고스란히 남은 아르빌성은 망연하게 버려진 채로 돌 하나 풀 하나에도 신비함이 풍겨 나왔다.

찌그러진 축구공 하나를 놓고 아르빌성 언덕에서 소리치며 노는 아이들의 눈빛에서 어떤 굴욕과 참패에도 불구하고 다시 지속되는 인간의 위대함 같은 것을 감지할 수 있었다. 아름다운 여성 셰에라자드가 광인 같은 왕을 이야기로 달래어 결국 생명을 건지고 행복에 도달하듯이 생명을 살리는 이야기가 지상에 태어날 수 있도록 강물은 흐르고 또 흘렀다.

무기를 악기로 만드는 시간

이라크의 고도 아르빌은 쿠르드족이 거주하는 도시다. 쿠르드족이 4000년 동안 국가 없이 떠돌고 있는 민족임은 널리 알려진 사실이다. 전 세계에 흩어진 2600만 쿠르드인 중 이라크에 410만 명이 살고, 그중 98퍼센트가 아르빌주에 산다는 통계가 있다. 그곳의 유일한 대학인 살라딘대에서 시 낭송을 했다. 한국의 자이툰 부대가 주선한 것이다.

문명이란 무기를 악기로 만들어 가는 과정이라는 말을 떠올리며 전쟁으로 상처 입은 흙과 성터와 폐허를 바라보았다. 배반과 절망의 시간을 지나 시와 노래와 악기가 언제 태어날 수 있을까를 생각해 보았다. 이곳 예술가들과 젊은이들을 만나고 싶었던 것은 그런 이유에서였다. 폭력에 저항했던 역사를 깊이 공감하고 싶었다. 급히 마련한 자리인데도 대학 강당을 채운 열기는 즐거운 당혹감을 감출 수 없게 했다. 대화는 한국어, 영어, 아랍어, 쿠르드어 등으로 진행되었다. 소통에 시간 소모가 많았다. 광주 출신 여군 중위의 사투리 밴 통역이 묘하게 인상적이었다.

"『쿠란』에는 시의 언어가 황금보다 훌륭하다고 씌어 있다죠? 지금부터 통역 없이 그저 시 낭송으로 마음을 주고받을까요?"

나의 제안에 뜻밖에도 청중은 크게 환호했다.

내가 먼저 「찔레」라는 자작시 한 편을 암송하는 중에 한 학생이 벌써 무대에 나와 있었다. 그의 낭송을 듣자마자 이란의 여성 시인 파로흐자드의 시임을 알 수 있었다. 이어서 페르시아 소네트 하피스의 시와 루미의 시도 여러 편 암송되었다. 나도 질세라 김소월, 한용운, 윤동주를 읊었다. 누구는 칸 영화제 황금종려상 수상 감독 아바스 키아로스타미의 영상에 등장한 시를 읊었다. 또 누구는 역시 쿠르드 출신 바흐만 고바디 감독의 「취한 말들을 위한 시간」에 나오는 세찬 눈바람의 호흡을 내뿜기도 했다. 감동의 열기가 공간을 뜨겁게 달구었다. 신비하게도 우리는 시를 통하여 서로를 대번에 이해할 수 있었다. 참혹한 유랑과 절망의 시간을 견뎌 온 힘이 바로 찬란한 문학에 있었던 것은 아니었을까.

티그리스강 연안, 위대한 문명이 온몸으로 물결쳐 오는

밤이었다. 인류 최고의 문학인『아라비안나이트』가 태어난 배경은 새삼스레 상기할 필요조차 없었다. 역사는 짧은 시간에 많은 물량을 이룬 숫자 따위로 말할 수 있는 것이 아니었다. 유장하게 산맥을 휘돌아 사뭇 광활한 모습으로 흐르는 것이었다. 이렇듯 고통과 상처를 깊게 여미는 태도, 힘든 현실 앞에서도 열정적으로 문화와 언어를 지키고 창조적으로 나아가는 모습을 목격하고 나니 실상 그곳의 현실이 꼭 비극적이라거나 그 민족이 불행하다고 느껴지지 않았다. 진정 아름다운 것, 진정 가치 있는 것은 겉으로 드러나거나 숫자로 환산할 수 없지 않은가.

그날 밤 유난히 많은 별이 뜬 아랍의 밤하늘을 오래 쳐다보았다. 손마다 휴대폰이 있지만 진정한 소통이 안 된다고 느낄 때, 진종일 액정 화면 속에 떠도는 정보를 쫓다가 피곤에 빠졌을 때 이곳에서 바라본 저 밤하늘의 싱싱한 별들과 바람 소리와 젊은 시 낭송 소리를 떠올려야지 생각하니 든든해졌다.

눈에 안 보이지만 아름답고 영원한 것을 꿈꾸어 보는 일, 그것을 상상력이라고 한다면, 그것을 바탕으로 새로운 것을 만들어 내는 일을 창조라고 한다면 지금 우리는 상상력과 창조와는 동떨어진 환경 속에 살고 있다. 화면마다 어지러운 정치 스캔들과 장수 식품 얘기와 연예인들의 수다가 흙탕물처럼 쏟아지는 프로그램들, 혐오와 자살과 폭력이 난무하는 데서 무슨 새로운 힘과 창조가 생겨날까. 처세서나 위로나 힐링의 이름을 단 책들이 베스트셀러인 사회, 대학에서조차 인문학이 파기되는 현실은 전쟁만큼 무지하다.

멀리에 두고 온 사막 같은 현실을 떠올리는 사이에 아르빌의 아라비안나이트는 속절없이 깊어만 갔다.

무수한 기적의 나라

프랑스의 감독 자크 뎁스로부터 뜻밖의 이메일을 받았다. 유럽의 대표적인 문화 채널 아르테가 기획한 5부작 다큐멘터리와 관련된 만남을 요청하는 내용이었다. 제목은 '한국, 무수한 기적의 나라'.

북촌의 어느 카페에서 만난 그는 감독이라기보다 배우에 더 어울리는 외모였다. 그의 손에 들린 나의 번역 시집 『찬밥을 먹던 사람』에 여기저기 밑줄이 그어져 있어 그가 얼마나 세밀하게 준비하는 사람인지 한눈에 알 수 있었다.

그는 나의 시 「유령」을 읽으며 팔을 톱으로 써는 것 같은 고통과 감동을 느꼈다고 했다. 그 시는 20대 중반에 쓰고 첫 시집에 실렸다. 군사 정권이 유신을 선포했던 당시에 쓴 시이다. 분단 상황에서도 한국이 어떻게 정치 발전과 경제 성장을 이룩했는가를 문학과 예술을 중심으로 조명하고 예술가들과 다양한 인터뷰를 해 보고 싶다고 했다. 나로서는 거절할 이유가 없었다.

감독의 제안에 따라 한국의 풍경 가운데 가장 상징적인 이미지를 보여 줄 만한 장소를 배경으로 시 낭송을 하기로 했다. 여성의 창조성을 상징하는 커다란 알을 연상할 수 있다는 점에서 경주 왕릉을 떠올리다가 결국 강남 코엑스 사거리에서 촬영을 하기로 했다. 치솟는 빌딩들과 물결치는 자동차들 사이에 교회와 호텔이 있고 성형외과 간판들이 보이는 곳이었다. 세계적인 명품 광고판이 있는가 하면 케이팝 아이돌이 네온 속에서 춤추는 풍경은 오늘의 한국을 한눈에 보여 주는 장면이라는 생각이 들었다. 아침 햇살이 잘 비치는 예쁜 브런치 카페에서의 인터뷰로 촬영은 시작되었다. 결국 서재까지 카메라에 공개하며 촬영을 마쳤다.

그리고 유럽에서 방영을 성공리에 마쳤다는 소식까지는 들었다. 그런데 이상하게도 한국에서는 방영이 이루어지지 않았다. 한국이 제작비를 지원해서 만들어도 될 만한 다큐멘터리를 왜 상영하지 않는 것일까.

누군가 말했다. 내레이션과 자막에서 "그동안 한국은 박정희 18년 장기 독재를 거치고"라는 부분이 당시 집권 세력의 기분을 거스른 것은 아니었을까. 후에 예술인 블랙리스트의 존재가 알려지면서 이런 추측에 조금 무게를 실어 보기도 했지만 그 진실을 끝내 알 수 없다.

나에게만 그랬을 리는 없지만 자크 뎁스는 헤어질 때 가만히 귀에 대고 이렇게 속삭였다.

"이대로 곧장 가요! 두려워하지 말고! 당신은 탁월해!"

그 말 또한 무수한 기적을 만드는 말 중 하나이리라.

유령

1
나는 밤이면 몸뚱이만 남지

시아비는 내 손을 잘라 가고
시어미는 내 눈을 도려 가고
시누이는 내 말〔言〕을 뺏아 가고
남편은 내 날개를
그리고 또 누군가 내 머리를 가지고
달아나서
하나씩 더 붙이고 유령이 되지

깨소금 냄새 나는
몸뚱이 하나만 남아
나는 밤새 죽지

그리고 아침 되면 다시 떠올라
하루 유령이 내가 되지
누군지도 모르는

머리를 가져간 그 사람 때문이지

2

사람들은 왜 밤에 더욱 확실해지는가

나는 또 누워서 천 리를 가지

죽은 내 머리 위엔 금관을 씌우고

또 하나의 머리 위엔 날개도 달고

또 하나의 머리 위엔 기왓집도 짓고

또 하나의 머리 위엔 왕자가 오는 길도 보이게 하고

또 하나의 머리 위엔 피리도 매달고

찬물도 떠 놓고 뱀도 키우고

이렇게 머리는 천 리를 가고

물고기 뼈도 닿지 않는 수심 천 리의 천 리를 가고

밤이면 서러운 몸뚱이만 남지

몸뚱이만 벌겋게 남아 뒤채이지

우울한 열정의 시대

　무인들의 칼이 시를 난도질하던 야만의 시대, 국제인권위원회 인사들이 한국의 구속 문인 실태를 보러 온 적이 있다. 그이들을 대동하고 전주교도소로 김남주 시인을 만나러 갔다. 당시 미국 펜클럽 회장으로 한국에 온 미국의 대표적인 지성 수전 손택은 한국 정부에 구속 문인의 석방을 요구하며 몹시 화가 난 상태로 며칠을 보냈다.

　"해석은 지식인이 예술과 세계에 가한 복수다."라는 말로 요약되는 명저 『해석에 반대한다』에 이어 『우울한 열정』은 그녀의 해박함과 새로운 시각을 유감없이 엿볼 수 있는 책이었다. 발터 벤야민, 롤랑 바르트 등 우울, 광기, 고통, 천재성에 사로잡힌 아방가르드적인 지식인에 대한 거침없는 비평을 통해 그녀는 자신의 정신적 자서전을 썼다는 평을 듣기도 한다.

『우울한 열정』을 읽는 동안 나는 수전 손택을 읽기보다는 젊은 날 떠돌던 뉴욕의 거친 바람과 뼈아픈 고독, 모든 게 새로워야 한다는 콤플렉스에 사로잡혔던 방황의 날들이 그리워 미친 듯이 시를 썼다. 지성이란 이렇듯 아름답고 심지어 섹시할 수도 있는 것인가 하는 생각도 들었다.

수전 손택은 2004년 타계하여 유언대로 파리에 묻혔다. 외아들 데이비드 리프가 최근 펴낸『어머니의 죽음』을 읽으며 그녀가 한국에 왔을 때 한국의 구속 문인 석방과 함께 침묵하는 문인들에 대해 비판을 가하면서도 이태원 시장에 들러 외아들을 위한 청바지 몇 벌을 구입해 간 것이 기억나서 가슴이 서늘했다.

한편 전주교도소에서는 끝내 김남주 시인을 만나지 못했다. 법무부 허가가 없다며 일행 중 일부만 짧게 면회를 허용했다. 그들과 함께 늦은 시간에 서울로 돌아오는 자동차에서 들었다. 사식으로 과일을 좀 넣어 주겠다고 하자 김남주 시인이 이렇게 만난 것으로 충분하다며 사양하더라고 했다. 김남주 시인은 출옥 후에 젊은 나이로 타계하여 살아서 한 번도 만나지 못했다. 그러나 이상한 친밀감으로 그를 기억한다. 수전 손택과 김남주라는 어울리지 않을 법한 기억의 타래를 슬며시 만져 보는 밤이다.

유머가 심하십니다

극심한 비장미의 순간을 웃음과 해학으로 풀어내는 남도 특유의 피를 이어받은 탓인가. 판소리의 어떤 대목처럼 시에도 더러 유머가 섞인다. 찰스 부코스키 같은 시인의 시를 읽다 보면 나는 유머 근처에도 못 갔다는 생각이 들지만 그래도 유머 있는 시를 쓰고 싶다. 시를 즐겁게 휘갈기는 경지, 그 자유로운 여유에서 유머는 생겨날 것이다.

그런 시로 「"응"」을 거론할 때가 있다. 하지만 그 시는 관능 혹은 시각과 청각 효과에 더 큰 관심을 두고 쓴 시다. 언젠가 머리를 감다가 문자를 받고 젖은 손으로 그냥 간단히 "응."이라고 답을 보낸 적이 있다. 문제는 저쪽의 반응이었다.

"심장이 터질 것 같아요."

"응."이라고 한 방 먹였을 뿐인데 심장이 터질 것 같다니……. 대낮에 연애를 졸라 댄 문자도 아니었을 텐데 폭탄보다 위력을 가진 호응의 언어가 '응'이라는 것을 알 수 있었다.

'응'은 청각적으로 응응응, 마치 응가 눌 때처럼 편하고, 「진도 아리랑」의 대목처럼 응응응, 콧소리 가락이 매우 관능적이다. 시각적으로도 상하 곡선 직선이 완벽한 조화다. 세계 어느 문자가 이토록 조화롭고 신비한가.

어느 해 프랑스에 초대받았을 때 랑송이 쓴 『프랑스 문학사』와 프랑스 시인들의 시편을 수험생처럼 통독했었다. 프랑스 시 속에 유머와 냉소 들이 사금처럼 박혀 있음을 다시 확인했다. 하늘이 낸 예술가들의 촌철살인, 삶의 허위를 꿰뚫는 유머는 마치 유성처럼 밤하늘을 쩍쩍 갈라놓곤 했다. 심지어 묘비명에도 유머를 새기는 그들이 아닌가. 그래서 부뤼노 두세 출판사가 나의 번역 시집 『찬밥 먹던 사람』을 출판하기로 결정하면서 "파토스를 전제한 유머, 진솔하고 거침없는 어조, 낯설고 신선한 모더니티가 감동을 준다."라고 한 말이 최대의 찬사라고 받아들였다. 그 시집에 「"응"」은 수록하지 않았지만 번역임에도 불구하고 시 속의 유머를 정확하게 읽어 준 프랑스 시인들과 독자들이 고맙기 그지없다.

여담 한 토막. 파리의 한 옷 가게에 들어갔더니 '응'이란 글자가 한글로 여기저기 쓰여 있지 않는가. 드디어 프랑스가 「"응"」을 알아보는구나! 하고 소름이 돋아 얼른 사진부터 찍었다. 자세히 보니 30퍼센트, 50퍼센트 하는 세일 표시 %를 멋지게 세워 놓은 것이었다.

'빌어먹을…… 유머가 심하십니다.' 속으로 큭큭 자조를 삼키었다.

"응"

햇살 가득한 대낮
지금 나하고 하고 싶어?
네가 물었을 때
꽃처럼 피어난
나의 문자
"응"

동그란 해로 너 내 위에 떠 있고
동그란 달로 나 네 아래 떠 있는
이 눈부신 언어의 체위

오직 심장으로
나란히 당도한
신의 방

너와 내가 만든
아름다운 완성

해와 달

지평선에 함께 떠 있는

땅 위에 제일 평화롭고

뜨거운 대답

"응"

자메이카 페가수스

자메이카를 취재해 달라는 방송 섭외를 받았다. 노예로 끌려온 아프리카 후예들의 가혹한 노동, 거기에서 태어난 레게 음악, 블루마운틴 커피 같은 것들이 떠올랐다. 그리고 그곳은 모계의 나라인 것도.

수도인 킹스턴에 가기 위해서는 미국을 경유해야 한다. 플로리다의 올랜도 공항에서 환승하는 조건으로 그 섭외를 받아들였다. 그곳에 사는 조카를 만나기 위해서였다. 7년 만의 만남이었다. 대학 시절 영자 신문 기자로 신촌 일대를 휘젓고 다니던 매우 쾌활한 아이였다. 만나자마자 서로를 덥석 끌어안고 울었다. 얼마 전 결혼한 그녀에게 축하 카드를 건넸다. 공항 카페에 앉아 커피를 주문하자마자 조카는 얼른 내가 준 카드를 열어 보았다. 순간 얼굴에 옛날에 많이 보았던 천진한 웃음이 감돌았다.

조카와 헤어져 킹스턴행 비행기에 올랐다. 먼 지평선으로 해가 지고 있었다. 수많은 헤어짐에 길이 들만도 한데 가슴이 찢어질 듯 아팠다. 어린 시절부터 이런 시간을 못 견뎌했다. 어린 나이에 홀로 유학을 하며 낮에는 그럭저럭 지내다가도 빛과 어둠이 바뀌는 해 질 녘이 되면 홀로 비명을 삼키곤 했다. 땅거미 스민 어스름을 온몸에 바르고 결국은 어디론가 떠나야 하는 살아 있는 존재가 슬프고 가엾어서 견딜 수가 없었다. 개와 늑대의 시간이라 했던가. 하필 그런 시간에 낯선 공항에서 또 하나의 만남과 이별을 겪었다.

자메이카의 킹스턴은 활력 있어 보였다. 야자수가 바람에 출렁거리고 사람들은 원색의 옷을 입고 활보했다. 페가수스 호텔은 찬란한 빛깔의 열대 기화요초로 가득 둘러싸여 있었다. 오랜 노예제와 영국 식민지의 한이 서린 나라다. 뙤약볕 속에서 과도한 노동에 시달리며 노예들이 불렀다는 멘토 음악, 거기에서 태어난 노래 가운데 하나가 레게다. 노래 가사에 분노와 불평과 욕설과 슬픈 투덜거림이 있는 것은 그 때문이다. 호텔 페가수스는 그런 과거의 슬픔과 상관없이 현대적이고 화려했다. 메두사의 목에서 흘러나온 피가 바다에 떨어져서 탄생한 별 페가수스, 괴물이지만 다산의 상징이다. 올랜도

공항에서 조카는 킹스턴의 '시 위치(Sea Witch)'라는 식당을
특별히 추천했다. 바다의 마녀가 잡아 올린 것처럼 크고 맛있
는 로브스터 식당이라고 했다. 조카들이 어렸을 때 오빠가 이
곳 자메이카의 대사로 근무한 적이 있어 잘 아는 듯했다.

　여기까지는 개인 여행 같지만 실제 취재는 쉽지 않았다.
블루마운틴에 올라갔을 때 커피 농장 주인은 "당신네 대통령
이 아직 김일성이요?"라며 껄껄 웃었다. 1993년 북한과 단교
한 자메이카이고 북한 대사관이 있던 자리는 현재 한국의 기
업이 임대하여 쓰고 있는 데도.

　앞서 말했듯 자메이카는 모계의 섬이라고 한다. 자메이
카의 남자들은 대부분 놀고 연애하고 그냥 떠난다고 했다. 어
디론가 가 버린 남자들과 달리 여전히 그 자리에 남은 여자들
은 아이들을 키우며 반복되는 빈곤에 놓인다. 이곳 여자들에
게서 보이는 거칠고 강한 인상도 그 탓이리라.

　킹스턴의 유일한 박물관은 '밥 말리 기념관'이었다. 밥
말리는 자메이카의 국민 영웅이다. 그가 살던 집이 박물관이
되었는데 번쩍이는 무대 의상 몇 벌이 걸렸을 뿐이고, 마당에
는 그가 즐겨 피운 대마초를 심어 놓았다. 밥 말리의 음반을
내는 '스튜디오 터프 공' 주위에는 매일같이 레게 가수 지망생
들이 진을 치고 있다고 했다.

　밥 말리는 서른여섯의 짧은 생애를 살다 갔지만 정치적

으로 분열된 자메이카를 음악을 통해 화합하게 하고 평화를 전파하여 하나의 전설이 되었다. 어떤 형식의 예술이든 시대에 대한 책임 의식이 필요하다. 레게처럼.

취재를 마치고 공항으로 나오는 길에 레게 머리를 길게 땋아 내린 즐거운 사내를 만났다. 그는 수십 개가 넘는 자물쇠를 옷에 주렁주렁 매달고 있었다. 이유를 묻자 "그냥 재미로." 라며 웃었다. 날개 달린 말 페가수스가 아니라 자물쇠를 달고 나타난 자메이카의 사내를 만난 것이다.

서울로 돌아올 때는 뉴욕 케네디 공항을 경유했다. 취재 팀 일행이 마약 탐지견에게 걸려서 뉴욕 공항 경찰의 강도 높은 조사를 받았다. 전날 밤 내가 혼자 호텔에서 페가수스의 상징에 맞게 시 몇 편을 긁적이며 다산을 실천하는 사이 카메라 팀은 음악과 춤과 마약이 자욱한 광란의 나이트클럽 '칵터스'에서 자정이 넘도록 취재를 했던 것이 화근이었다. 그들의 옷이며 촬영 기재에 마리화나 냄새가 깊이 스민 것이다. 결국 무혐의로 풀려났지만 뉴욕 공항 탐지견의 탁월한 능력을 목격한 잊지 못할 경험이었다.

진정한 기둥

"세상의 사나이들은 기둥 하나를 세우기 위해 산다." 조금 당돌하고 거침없게 시작하는 졸시 「사랑하는 사마천 당신에게」를 쓴 것이 1990년대 초반이다. 남근이라는 시어가 특히 화제가 되었다. 당시 막 개방된 해외여행의 붐을 타고 동남아 일대로 관광을 떠난 일부 한국 남성들이 현지에서 뱀이나 곰 발바닥 등 엽기적인 정력제를 사 먹는 사례가 문제가 되어 사회면을 장식한 것을 보고 쓴 작품이다. 그때 나는 마침 중국 여행을 계획 중이었다. 중국이 어떤 나라인지 알고 떠나면 장강삼협이나 만리장성이 더 뚜렷하게 보일 것 같아 사마천의 『사기』를 읽었다.

『사기』는 3000년 역사를 52만 6500자로 압축한 책이라는 점에서 한 글자 한 글자를 피로 새긴 인류 최대의 지혜서다. 더욱 감동적인 것은 참담하게 닥친 인간관계의 비극을 극복한 빛나는 정신의 승리를 보여 준다는 점이다. 신체의 중요한 기둥을 자르고 역사 속에 진정한 기둥을 세운 사나이가 바로 사마천 아닌가.

"사람은 누구나 한 번 죽지만 어떤 죽음은 태산보다 무겁고 어떤 죽음은 새털보다 가볍다."라는 말이 실감 났다. 복잡하고 어지럽고 때론 억울하게 얽힌 삶이 오늘날에만 있는 것은 아니었다. 어떻게 인간의 가치를 지키고 운명을 극복하며 살아야 할 것인가?『사기』는 거기에 대해 담대하고 명쾌한 해답을 준다.

사마천으로 시를 쓴 게 인연이 되어 사마천 전공 학자와 인문 포럼의 초청을 받았다. 중국 산시성에 있는 그의 무덤에도 갈 수 있었다. 어마어마한 규모로 조성된 그의 기념관도 보았다. 과연 중국의 스케일이었다. 그러나 웬일인지 상상 속의 사마천이 더 좋았다. 다 잘라 버리고 오직 글을 쓰고 있는 모습이 가장 지고의 모습으로 내 안에 자리 잡았던 것이다.

궁형을 당하고 감옥에서『사기』를 쓰며 천년을 살아 낸 진정한 사나이!

나에게 묻는다.

지금도 사나이 때문에 잠을 못 드는 일이 있는가. 진정한 기둥을 세우는 일로 불면을 치르는가.

사랑하는 사마천 당신에게
— 투옥당한 패장을 양심과 정의에 따라 변호하다가 남근을 잘리
우는 치욕적인 궁형을 받고도 방대한 역사책 『사기』를 써서 '인간
이란 무엇인가'를 규명해 낸 사나이를 위한 노래.

세상의 사나이들은 기둥 하나를
세우기 위해 산다
좀 더 튼튼하고
좀 더 당당하게
시대와 밤을 찌를 수 있는 기둥

그래서 그들은 개고기를 뜯어 먹고
해구신을 고아 먹고
산삼을 찾아
날마다 허둥거리며
붉은 눈을 번득인다

그런데 꼿꼿한 기둥을 자르고
천년을 얻은 사내가 있다
기둥으로는 끌 수 없는

제 눈 속의 불

천년의 역사에다 당겨 놓은 방화범이 있다

썰물처럼 공허한 말들이

모두 빠져나간 후에도

오직 살아 있는 그의 목소리

모래처럼 시간의 비늘이 쓸려 간 자리에

큼지막하게 찍어 놓은 그의 발자국을 본다

천년 후의 여자 하나

오래 잠 못 들게 하는

멋진 사나이가 여기 있다

혁명가의 딸

체 게바라의 딸을 만난 적이 있다. 쿠바혁명을 이끈 아버지의 다큐멘터리 필름과 함께 한국을 방문했을 때였다. 정치 이념과 국가 관계를 뛰어넘어 20세기에 가장 젊고 치열한 이미지를 가진 혁명가의 딸과 악수를 나누는 순간, 그녀가 유명인사의 가족이라기보다는 네 살 나이에 아버지와 헤어지고 소아과 의사로 잘 자란, 시인의 딸이라는 생각에 묘한 친근함마저 들었다.

체 게바라는 게릴라 활동을 하면서도 독서 노트를 만들어 쓸 만큼 독서가였다. 정글 속에서도 아름다운 시를 외고 시를 쓰던 시인이기도 했다. 남미 저항 시인들의 시를 필사하여 자기만의 시집을 만들 정도로 그는 시를 사랑했다. 생의 마지막 순간까지 간직했던 예순여섯 편의 시편들은 『체의 녹색 노트』라는 이름으로 오늘날까지 독자들의 사랑을 받고 있다.

체 게바라는 파블로 네루다, 세사르 바예호, 니콜라스 기엔, 레온 펠리페 같은 시인의 시를 낭송하고 옮겨 썼다. 그에게 시란 정서의 산물이요 위로가 아니라 삶의 순간을 꿰뚫는 전율이었다. 깊은 독서를 통해 시와 철학, 정치학과 경제학으로 잘 다져진 큰 사상가가 되었음을 짐작할 수 있다. 험준한 밀림 속에서도 아내에게 시를 써 보내며 전투를 했다고 하니 시는 그의 삶이요 혁명을 잉태한 자궁이었던 것이다.

그의 어록 중 가장 뭉클한 것은 "진정한 혁명은 자기 자신에 대한 혁명이요. 어떠한 보상도 생각하지 않는 것이다. 또한 진정한 혁명은 사랑이라는 위대한 감정으로 이끄는 것이다."라는 대목이다. 소위 베레모로 상징되는 신비한 이미지는 쿠바의 카스트로 정권에 의해 정교하게 만들어진 것이며, 전설적인 사진작가 알베르토 코르다가 찍은 사진 덕이라는 설도 있다. 이렇게 만들어진 이미지와는 상관없이 쟁취한 권력을 소유하지 않고 더 나은 이상을 향해 다시 고된 길을 떠났다는 점에서 우리는 그가 영원한 이상주의자이며 혹독한 실천가였음을 알 수 있다.

시인이 밤마다 허공을 오르고 올라 이슬 같은 몇 낱의 언어를 만나는 것이 전부이듯이 그 역시 오직 꿈을 위한 등정을 했다. 그리고 등정 자체가 목적이었다는 점에서 그는 권력가라기보다 자유혼을 가진 시인이었다. 그는 시인답게 밖을 향한 시선과 내면을 향한 눈과 언어의 가치를 알았던 것 같다. 진정한 미래는 자기 혁명을 통하여 스스로 열어야 한다는 것도 절절하게 깨달은 듯하다.

서른아홉에 세상을 떠났지만 영원한 현존, 뜨거운 혁명 정신으로 살아 있는 사람. 혁명 아이콘의 딸을 만난 이듬해 한국과 쿠바가 드디어 국교를 맺으려는 분위기에 맞추어 쿠바 도서전에 참석할 수 있었다. 두 번째 쿠바 방문인 셈이지만 이번에는 행사와 함께 시인들과 출판 편집자들을 만났다. 또한 쿠바 청소년 시화 경연 대회에 나의 시 「화장을 하며」가 주제 시로 제시되기도 했다. 최우수상 수상작을 비롯한 그림들의 수준과 예술성이 놀라웠다. 원색의 밝은 색감과 자유로운 상상력이 넘치는 그림들을 선물받았다.

역사적인 나쇼나르 호텔에서 모두 함께 룸바를 추던 순간을 잊을 수 없다.

"처음에 쿠바에 왔을 때 나는 아구아와 바뇨, 오직 두 개의 스페인어를 알았습니다. 물, 화장실! 어린아이의 말 같지만 생명을 유지하는 데 가장 중요한 말이지요. 그런데 지금 이 순간 저는 뜨거운 마음으로 중요한 한마디를 배웠습니다. 사랑합니다! 테 키에로!(Te quiero!)"

나의 인사말은 다소 흥분한 것으로 보인다. 하지만 그날

의 그 분위기에서는 이런 말 이외에 다른 어떤 말도 어울리
지 않았다.

화장을 하며

입술을 자주색으로 칠하고 나니
거울 속에 속국의 공주가 앉아 있다
내 작은 얼굴은 국제 자본의 각축장
거상들이 만든 허구의 드라마가
명실공히 그 절정을 이룬다
좁은 영토에 만국기가 펄럭인다

금년 가을 유행 색은 섹시 브라운
샤넬이 지시하는 대로 볼연지를 칠하고
예쁜 여자의 신화 속에
스스로를 가두니
이만하면 음모는 제법 완성된 셈
가끔 소스라치며
자신 속의 노예를 깨우치지만
매혹의 인공 향과 부드러운 색조가 만든
착시는 이미 저항을 잃은 지 오래다

시간을 손으로 막기 위해 육체란

이렇듯 슬픈 향을 발라야 하는 것일까

안간힘처럼 에스티로더의 아이라이너로

검은 철책을 두르고

디오르 한 방울을 귀밑에 살짝 뿌려 마무리한 후

드디어 외출 준비를 마친 속국의 여자는

비극 배우처럼 서서히 몸을 일으킨다

구조대장의 시

새벽안개에 덮인 산티아고가 서서히 몸을 드러냈다. 멀리 흰 눈을 머리에 얹은 안데스산맥이 꿈속의 풍경처럼 다가왔다.

"오늘 산티아고에 비가 내린다." 피아졸라의 음악이 들리는 것 같다. 칠레에 군사 쿠데타가 일어난 즈음 아옌데 정부의 비극적인 전말을 그린 다큐멘터리 형식의 영화 속 암호는 이토록 낭만적인 시구였다. 아름답고 평화로운 나라 칠레를 1973년 쿠데타로 장악한 피노체트 정권이 무참하게 살해한 것은 아옌데 대통령만이 아니다. 수많은 민중과 예술가와 시인이 희생되었다.

드디어 칠레 공항에 도착했다. 오빠는 젊은 외교관으로 칠레에 머문 적이 있다. 에티오피아 근무 중에 풍토병에 시달리다 칠레로 옮겨 간 오빠 가족을 몇 년간 만나지 못했었다. 한국 외교관의 생활이 그만큼 힘들고 빠듯하던 시절이었다. 마침 칠레 가요제에 참가한 작곡가 편에 내 누이동생에게 전해 달라며 오빠가 은으로 된 작은 목걸이를 선물로 보내왔다. 땅의 신, 별의 신, 새의 신 등 일곱 개의 신이 조각된 행운의 부적이었다.

칠레 공항에서 입국 절차를 막 통과하려는 순간 제복 입은 여성 직원의 제지를 받았다. 사무실로 동행하자고 했다. 그녀는 핸드백 속에서 발견한 노란 매실 세 개를 꺼내 눈앞에 대고 흔들었다. 칠레는 농산물 반입이 금지된 나라이고 당신은 지금 그것을 어겼노라고 설명했다. 나는 방금 타고 온 에어 프랑스의 스튜어디스가 식사 대신에 전해 준 과일이라며 항공사의 로고를 보여 주었다.

결국 몇 장이나 되는 서류에 "나도 모르는 사이에 과일들이 따라왔다."라는 다소 시적인 사유를 쓰고 사인을 한 뒤에야 풀려났다. 극도로 피로한 가운데 생긴 일이긴 하지만 재미있는 경험이었다. 칠레 시인 파블로 네루다의 "어느 날 시가 내게로 왔다."라는 구절이 자꾸 떠올라 속으로 웃음을 삼키었다.

그렇게 시작된 칠레에서의 모든 순간이 의미 깊었다. 아이오와 대학에서 만난 작가 하이메 쿨러를 19년 만에 다시 만나 멋진 식당에서 와인을 곁들인 저녁을 함께한 것도 그랬다.

하이메는 헤밍웨이 같은 중후한 모습으로 멋지게 나이 들어가는 중이었고 여전히 왕성하게 글을 쓰고 있었다. 루이스 세풀베다와 이사벨 아옌데의 얘기도 나누었다. 헤어질 때 하이메는 노벨상을 받은 여성 시인이자 파블로 네루다의 소년 시절 스승인 가브리엘라 미스트랄이 새겨진 칠레의 5000페소 지폐를 내게 선물로 주었다.

대형 공연장에서 열린 케이팝 경연 대회장에서의 시 낭송은 영원히 잊지 못할 것이다. 칠레가 워낙 문학의 나라지만 최근 남미를 중심으로 젊은이들이 열광하는 케이팝과 함께 한국의 시를 들려준다는 것은 다른 의미의 기회로 생각되었다. 이 행사를 위해 「구조대장의 시」 외 다섯 편을 특별히 준비했다. 수년 전 서른세 명의 광부가 지하에 매몰되는 큰 사고가 있어 세계 모든 사람들이 안타까운 마음으로 칠레를 위해 기도했었다. 이 사건을 소재로 쓴 시가 「구조대장의 시」다. 내가 한국어로 먼저 낭송하면 칠레 여성의 멋들어진 낭송이 이어졌다.

남미 여러 나라에서 달려온 1500여 명의 젊은이들로 공연장은 시작 전부터 열광적이었다. 분위기에 휩싸여 사인을 해 달라는 여학생들의 등쌀에 무대에 오르기도 전에 진땀을 흘렸다. 하지만 열기가 뜨거운 팝뮤직 경연장에서 시를 들려주고 감동과 울림을 끌어낸다는 것이 쉬운 일은 아니었다.

미시온 쿰푸리다!(임무 완료!) 이 구절에 특히 강점을 두고 스페인어로 소리 지르듯 시를 낭송했다.

젊은 청중은 공연장이 떠나가도록 환호를 보내 주었다. 산티아고에 비가 내리던 시절, 칠레가 쿠데타 이후 독재 정권 아래 신음하던 시절, 빅토르 하라가 민중 앞에서 연주한 노래와 기타는 총과 같았다고 한다. 시인 파블로 네루다의 펜이 곧 총이었던 것처럼.

열광적인 칠레 공연장에서 소녀 시절 5월 어느 아침에 들던 5·16 소식을 떠올렸다. 라디오에서 끊임없이 흘러나오던 혁명 공약을 떠올렸다. 그리고 광주의 금남로를 장악한 군화들을 떠올렸다. 몸속 깊은 곳의 기억이었다.

칠레에서의 추억 또한 마찬가지로 그러나 매우 다른 모습으로 몸속 깊이 새겨져 뜻밖에 나를 따라온 노란 매실처럼 새콤하게 달콤하게 떠오른다.

구조대장의 시

지하 700미터 탄광에 매몰된 광부들을

69일 동안 손톱이 빠지도록

모두 파낸 후

구조대장은 소리쳤다

미시온 쿰푸리다! 임무 완료!

33명의 광부들이 지상으로 살아 돌아온 순간이었다

햇살에 땀을 닦으며

병아리가 달걀을 깨고 튀어나오는 줄탁! 같은

칠레 광산 구조대장의 말을

지상의 TV가 모두 생중계했다

천 길 땅속에서 알알이 귀한 시를 캐낸

구조대장의

미시온 쿰푸리다!

내 사랑! 임무 완료!

그날 지구는 그 한 편의 시로 눈부시었다

뉴질랜드 시인의 뉴스와 사랑

    기숙사 메이플라워에서 벌인 '코리도(corridor) 파티'에서 그와 가까이 앉았다. 풍부한 뉴질랜드의 자연 속에서 자란 단정하고 여유 있는 시인이었다. 시선집 『어떻게 말할까』를 출간, 뉴질랜드의 출판 대상 시집 부문을 수상했다고 한다. 아이오와 대학에 머무는 동안 존 스톤과 나는 특별히 가깝게 지낸 사이는 아니었다. 그와 각별해진 것은 우연히 함께 찍힌 사진 한 장이 계기였다.

    현대 문명을 거부하고 18세기 말의 생활양식을 유지하는 아미시 마을에서 마차를 사이에 두고 서 있는 우리를 누군가 우연히 찍은 사진은 정말 멋졌다. 누가 뭐래도 우리 둘은 잘 어울리는 연인처럼 보였다. 감색 롱 코트에 선글라스를 끼고 마주 선 둘의 포즈는 우연을 포착해 만든 명장면이었다. 사진을 받아 들고 우리는 환호했다. '사실'이 아니라 '사진' 때문에 새로운 감정이 생길 수도 있는 것인가. 그 사진 이후 급격히 친해진 그가 코리도 파티 때도 망설임 없이 내 옆자리에 앉았다. '코리도'는 말 그대로 복도에 각자 마실 것을 들고 와 죽 늘어앉아 얘기를 나누는 파티다. 그가 친근감을 담아 말했다.

"뉴질랜드 녹용을 대량 소비하는 한국이라는 나라에 호기심이 있습니다."

웃음이 터졌다. 작가들은 그가 어떤 말을 속삭였기에 이토록 웃는지 궁금해할 것이었다. 그러니까 한국의 시인인 나는 녹용으로 기억되는 나라에서 온 여성 시인이다. 세상의 뉴스는 반이 이런 식인지도 모른다.

그렇게 우리는 3개월의 프로그램을 마치고 각자의 나라로 돌아갔다. 훗날 그가 보낸 엽서를 보면 이제 한국을 시인의 나라로 기억할 것도 같았다.

미시시피 강줄기를 따라 기차를 보러 간 날 딱딱한 바게트를 어쩔 줄 몰라 하는 나에게 휴대용 칼을 꺼내어 빵을 잘 자른 후 크림치즈를 발라 주었던 존 스톤. 소형 버스 안에서 우리 동요 「찌르릉」을 가르쳐 줄 때 모두가 잘 따라 부르는데 유독 음치여서 버벅거리던 존 스톤!

바람결에 그가 참가자 중 한 명이었던 프랑스 여성 비평가와 사랑에 빠졌다는 소식을 들었다. 그들은 아직 사랑하고 있을까. 단아하고 조용한 남자의 사랑은 조금 길게 가지 않을까. 어쩌다 영화 장면보다 더 멋지게 찍힌 사진 속의 남자 주인공을 보며 생의 비의와 비애를 슬며시 맛보곤 한다.

그대 사랑하는 동안
내겐 우는 날이 많았었다

　　뉴욕 쿠퍼 유니언 대학의 메모리얼 홀에서 영역 시집 『윈드플라워』의 출판기념회가 열렸다. 최월희 교수와 함께 공동 번역한 로버트 호크스 교수가 이 대학 부총장이기 때문에 특별히 마련한 자리였다. 로버트 호크스 교수는 시인이기도 해서 초대 손님은 주로 뉴욕의 시인과 예술가들이었다.

　　누군가 큰 꽃바구니를 보내와 미국 천지에 누가 보냈을까 하고 이름을 보니 속에 한 선배의 이름이 꽂혀 있었다. 문학도로서 미국까지 유학을 왔지만 사업가의 길에 들어선 선배다. 오래전 뉴욕에서 공부하던 나에게 당신 대신 좋은 글을 많이 쓰라며 우드사이드의 한 가게에 개인 수표를 주 단위로 맡겨 두었던 선배. 언제든 식품이건 생필품이건 가져가도록 배려했던 사람.

무대에 올라 영어로 몇 마디를 버벅거리고 나서 「찔레」를 한국어로 낭송했다.

청중 속에서 한 분이 조용히 어깨를 들썩이며 눈물을 훔치는 것 같았다. 특파원으로 미국에 왔다가 공부를 더 하고 싶어 신문사에 사표를 낸 후 가난한 유학 생활을 자청한 S였다. 그녀가 나중에 말했다.

"뉴욕에 사는 동안 나에게 한국어는 그야말로 생존을 위한 길거리 언어였어요. 한국인 밀집 지역인 32번가 주변 각종 한국인 가게에서 쓰이는 '하나 사면 하나 더'라든가 '반액 세일'이라든가……. 그런데 우리 한국어가 아름다운 시가 되어 콧대 높은 뉴요커들이 감동하고 귀를 기울이는 것을 보니 그만 목이 메더군요."

그날 많은 뉴요커 시인들을 만났다. 그들 몇은 앨런 긴즈버그의 친구들이었고, 또 몇은 밥 딜런을 흉내 냈다.

그중 아직도 기억에 남은 얼굴은 이국에서 모어를 듣고 울었던 S의 얼굴이다.

찔레

꿈결처럼
초록이 흐르는 이 계절에
그리운 가슴 가만히 열어
한 그루
찔레로 서 있고 싶다

사랑하던 그 사람
조금만 더 다가서면
서로 꽃이 되었을 이름
오늘은
송이송이 흰 찔레꽃으로 피워 놓고

먼 여행에서 돌아와
이슬을 털 듯 추억을 털며
초록 속에 가득히 서 있고 싶다

그대 사랑하는 동안
내겐 우는 날이 많았었다

아픔이 출렁거려
늘 말을 잃어 갔다

오늘은 그 아픔조차
예쁘고 뾰족한 가시로
꽃 속에 매달고
슬퍼하지 말고
꿈결처럼
초록이 흐르는 이 계절에
무성한 사랑으로 서 있고 싶다

튀빙겐의 꽈리

이름만으로 고향의 일부처럼 느껴지는 도시가 있다.

슈투트가르트를 거쳐 도착한 튀빙겐은 적색 지붕들 속에 보랏빛 꽃이 만발한 도시였다. 도심 한가운데를 유유히 흐르는 네카어강에는 카누를 즐기는 사람들이 꿈결처럼 떠다녔다. 대학과 서점과 문화회관에서의 시 낭송은 새소리 속에서 진행되었다. 독일 젊은이들의 반응은 진지하고도 뜨거웠다. 행사가 끝나고 곧 횔덜린 하우스로 갔다. 시인이 죽는 날까지 30여 년을 살았던 횔덜린 하우스는 미망과 슬픔으로 얼룩진 그의 생애와 달리 네카어강 가장 아름다운 숲을 배경으로 햇살을 가득 머금고 있었다. 관념 철학의 대가, 릴케 시 세계의 아버지 등등의 찬탄을 빼고도 횔덜린은 천부의 시인이며 예언적인 암호로 사람들의 뇌리에 깊게 남아 있다.

횔덜린 하우스를 나와 다리 옆을 돌자 바로 카페였다. 견딜 수 없는 어떤 갈증 때문인지 생각지도 않던 아이스크림을 주문했다. 아이스크림 위에 빨간 꽈리가 얹혀 나왔다.

앗, 꽈리?

세상에 태어나 처음으로 훔친 것이 꽈리다. 다섯 살 즈음 보성 우리 옆집 장독대에는 빨간 꽈리가 무더기로 열매를 매달고 있었다. 꽈리를 하나 갖고 싶었다. 작은 봉지 모양의 껍질을 양쪽으로 벌리면 그 속에 둥근 꽈리가 나오는 신비한 식물이었다. 꽈리 속 씨앗들을 잘 빼내고는 입에 넣고 불면 꽐꽐 맹꽁이 울음소리가 났다. 순간 숨을 꼴깍 삼키고 그 집 할머니 몰래 얼른 꽈리 하나를 쥐어뜯었다. 하늘 향해 온통 일어선 머리칼과 후들거리는 다리로 도망을 쳤던 어린 날의 진땀 솟는 도둑 경험이었다.

그 꽈리를 한세월 넘어 먼 나라 독일의 튀빙겐에서 재회한 것이다. 육친처럼 반가운 꽈리를 쉽게 입에 넣지 못했다. 횔덜린을 처음 우리에게 소개한 유명한 안톤 슈나크의 수필 「우리를 슬프게 하는 것들」의 한 구절처럼 무슨 은유나 되는 듯이 나타난 꽈리로 인하여 내게 튀빙겐은 고향의 일부가 되고만 것이다.

불꽃과 폭염

여행을 떠나 제일 먼저 만나는 것은 고독이다.

고독, 고독, 고독. 고드름 같은 고독이 떠다니는 낯선 시간을 떠도는 것이 여행이다. 반복과 상투에서 벗어나기 위해 떠나지만 떠나는 순간부터 두려움과 위험에 노출되는 것이 또한 여행이다.

중국 광저우가 '국제 문학 주간'을 맞아 세계 몇 나라의 작가를 초대했다. 영국, 이탈리아, 일본, 한국 등의 작가를 초대했다는 안내문에 실린 이탈리아 시칠리아 대학의 동갑내기 여교수와 아쿠타가와상을 수상한 일본 작가 히라노 게이치로 등의 이름이 반가웠다. 중국 작가로는 유명한 몽롱파 시인 양롄, 수팅 등도 눈에 띄었다. 나의 중국 번역 시집에 한마디를 얹어 준 친구 베이다오의 동인들이다. 일본 시인 다카시 무츠오의 이름도 있었다.

스산한 겨울날 오후, 드디어 광저우 작가협회가 보내 준 비행기 스케줄에 맞추어 공항으로 나갔다. 비행기 수속을 마치고 복도 쪽 자리에 앉아 안전벨트를 매려 할 때였다. 창가와 중간 자리에 앉았던 젊은 남자들이 소스라치듯이 일어서더니 나에게 잠깐 나갔다 오겠다는 시늉을 했다. 조금 번거롭지만 일어나서 그들에게 길을 터주었다.

그것은 시작에 불과했다. 비행기가 이륙하기 전까지 세 번인가를 그 청년들은 자리에서 일어나 비행기 밖으로 나갔다가 다시 돌아왔다. 이윽고 비행기가 이륙하기 위해 서서히 기체를 움직이기 시작했을 때 나는 그만 청년의 전화 소리에 전신이 얼어붙고 말았다. 휴대폰을 꺼내어 급기야 어디론가 전화를 건 청년은 네팔에서 온 근로자들이었다.

"사장님, 큰일이 생겼어요. 10년 일한 퇴직금 5200달러를 비행기 타기 직전에 화장실에다 놓고 와 버렸어요. 다시 뛰어가서 보니 그사이 없어졌어요."

청년이 울듯이 전화를 하는 동안 다른 청년이 또 누군가에게 전화를 걸었다.

"누님, 방금 라와티가 돈을 잃어버렸어요. 빨리 분실 신고 좀 해 주세요. 지금 비행기가 출발하고 있어요."

전화를 받는 사람은 아마 기숙사 사감인 모양이었다.

순간 둔기로 크게 한 대 얻어맞은 듯 온몸이 어지러웠다. 비행기 좌석이 일반석이어서 매너도 없이 좌석을 들락거리는 후진국 근로자들을 만난 것이라 생각해 속으로 짜증스러웠던 자신이 너무 부끄러웠다.

그런데 또 무슨 일이람! 참을 수 없이 밀려드는 잠에 빠지기 시작했다. 생살을 찢는 고통을 치르고 아이를 낳은 후 밀려드는 잠에 정신없이 빠져들었던 산후의 순간이 되살아났다. 체체파리에게 쪼인 밀림의 사자처럼 곯아떨어졌다. 끝없는 잠속에서 인생 전모를 아프게 떠올렸다. 나도 모르는 사이에 전신에 이끼처럼 낀 어떤 오만과 허영. 이런 무지한 잠을 무어라 부르는가. 문득 폭면(暴眠)이라는 단어가 떠올랐다.

시인이란 얼마나 무력한 존재인가. 절망에 빠진 이 청년에게 아무것도 해 줄 것이 없었다. 칼럼을 써서 모금을 해 볼까? 경찰에 감동 어린 편지를 써 보내면 CCTV를 세밀하게 확인하고 본격적인 추적을 해 줄까? 나는 무능한 백면서생이었다. 음풍농월이나 하는 가련한 문자족, 시인이라는 것이 이토록 아픈 이름인가?

비행기 안에서 폭면의 습격을 받고 겨우 일어나 광저우 공항에 내렸다. 두 청년은 베이징을 거쳐 카트만두로 간다고 했다. 그들의 주소를 나의 시작 노트 속에 넣었다. 안간힘처럼. 그 주소는 청년들의 까만 손톱으로 만든 10년의 퇴직금을

찾기 위한 희망이기도 했지만 내게도 어떤 불꽃과 같은 것이
었다.

하늘에서의 만남

비행기 안으로 시가 찾아올 때가 있다.

허공 한가운데 밀폐된 공간에 갇혀 있다 보면 집중력도 매우 높아져 저도 모르게 시를 쓰게 된다. 닭장 속의 닭들처럼 줄지어 앉아 잘 계량된 모이를 주는 대로 받아먹으며 내가 그동안 주입식 교육에 잘도 길들여졌구나 하는 생각을 한 적도 있다.

"지금 승객분들 중에 의사가 있으면 곧 승무원에게 알려주십시오."

이런 방송이 나올 때 옆자리에서 벌떡 일어나 긴급 환자를 돌보러 가는 한 수수한 할머니를 본 적도 있다.

세상에나! 저 할머니가 의사였단 말인가?

젊은 여인이 화장실 앞에서 한없이 눈물을 흘리기도 했

다. 약혼반지를 빼 놓고 손을 씻은 후 잠깐 자기 자리로 갔다가 아차 하고 돌아왔는데 그사이 반지가 없어진 것이다. 여러 차례 방송을 했지만 반지는 끝내 돌아오지 않았다. 모든 승객이 작은 도둑으로 보인 그 밤에 문득 이런 상상을 했다. 비행기 밖으로 손을 내밀어 유난히 가깝게 느껴지는 저 초승달을 따다가 울고 있는 여인의 손가락에 끼워 주고 싶다고.

미국 국내선에서 있었던 얘기다. 기형적으로 뚱뚱한 아주머니 옆에 앉아 속으로 그녀의 비만을 좀 원망하고 있었는데 어쩌다 그녀의 목걸이가 눈에 들어왔다. 언제든 본인이 쓰러지면 모든 장기를 실험용으로 기증하는 것을 허락하는 목걸이였다.

기내식 파스타에 섞여 나온 빨간 새우 한 마리를 보고 「새우와의 만남」이라는 시를 쓴 것은 벌써 오래전 일이다. 이 시는 시의 공간 문제를 기술할 때 해상, 지상, 천상을 하나의 시공간에서 만날 수 있는 시로 해석되기도 하지만 그저 앞서 말한 만남들의 일환일 뿐이다. 하늘 한가운데에서 만난 붉은 새우 한 마리가 아직도 시 속에서 파득거리며 내 사랑 견우를 부르고 있다.

새우와의 만남

손에 쥔 칼을 슬며시 내려놓았다
그에게 선뜻 칼을 댈 수가 없었다
파리로 가는 비행기 안 기내식 속에
그는 분홍 반달로 누워 있었다
땅에서 나고 자란 내가
바다에서 나고 자란 그대와
하늘 한가운데 3만 5000피트
짙푸른 은하수 안에서 만난 것은
오늘이 칠월 칠석이어서가 아니다
그대의 그리움과 나의 간절함이
사람의 눈에는 잘 안 보이는
구름 같은 인연의 실들을 풀고 풀어서
드디어 이렇게 만난 것이다
나는 끝내 칼과 삼지창을 대지 못하고
내가 가진 것 중 가장 부드럽고 뜨거운
나의 입술을 그대의 알몸에 갖다 대었다
내 사랑 견우여

어디서 무엇이 되어

바람이 창을 흔드는 새벽에 조간신문을 검색하다 말고 침대에서 일어났다.

"한국 근대 예술계의 뮤즈, 뉴욕 자택서 별세."

그렇다면? 김향안 여사가 타계했다는 소식이다. 서재로 가서 책 한 권을 뽑아 들었다. 『피카소와의 삶』. 프랑수아즈 질로가 쓴 책이다. 어느 해인가 뉴욕에서 김향안 여사가 보내 주었다. 천재 피카소에게 영감을 불어넣은 프랑수아즈 질로가 그와 함께한 10여 년의 시간을 쓴 책으로 피카소의 예술과 사랑과 이기주의를 흠뻑 느낄 수 있다. 옛날식으로 말하자면 김향안과 프랑수아즈 질로는 천재 예술가들에게 사랑과 예술혼을 불어넣은 뮤즈였던 셈이다.

신문 기사는 그녀의 생애를 이렇게 기술하고 있었다. 서

양화가 구본웅의 이복동생으로 태어난 김향안은 경기여고와 이대 영문과를 거친 미모와 재능의 소유자로 1930년대 우리 문화계의 스타였다. 20세의 천재 시인 이상을 만나 27세에 이상이 요절하기까지 함께 살았고 그의 임종을 지킨 반려였다. 8년 후 화가인 김환기와 결혼했고 파리로 떠났다. 그 후 다시 뉴욕에 정착, 1974년 김환기 화백이 타계할 때까지 그의 화폭에 끝없는 영감을 불어넣은 예술적 동반자였다.

또 다른 신문은 그녀를 한국의 루 살로메였다고 했다. 니체와 릴케, 프로이트의 연인이었던 루 살로메? 또 다른 한 신문은 프랑스의 작가 조르주 상드에 비유하기도 했다. 조르주 상드는 시인 뮈세와 음악가 쇼팽을 사랑한 여인이다.

신문을 덮고 대신 커튼을 열어 뿌옇게 트여 오기 시작하는 아침 하늘을 쳐다보았다. 일제강점기였던 그 시대 이 땅의 여자로서 최고 수준의 교육을 받았고, 천재 시인 이상과 빼어난 화가 김환기의 아내로 한 생애를 사는 것이 가능한 일일까.

김향안 여사를 처음 만난 순간을 떠올렸다. 뉴욕에서의 유학 생활을 접고 파리를 거쳐 서울로 돌아오기 전날이었다. 한 화가의 전시회를 보기 위해 소호에 나갔다. 당시 뉴욕 예술의 흐름은 쇼킹이었다. 무조건 새롭고 충격적이어야 했다. 그날의 주제는 해골이었다. 전시장 벽면을 가득 채운 기묘한 해골 한가운데서 여사를 만났다.

세련되고 지적인 외모, 차가운 어투, 게다가 유창한 영어……. 지금까지 그런 모습을 한 나이 든 한국 여인을 본 적이 없었다. 그녀는 주위 사람들에게 야릇한 긴장을 요구하며 어른 특유의 편안함은커녕 범접이 주저되는 얼굴로 서 있었다. 전시회의 화가에게 몇 가지 지적을 서슴지 않았는데 목소리가 대리석 바닥을 구르는 얼음 같았다. 언어는 이성적이고 정확해서 어떤 반발이나 질문도 용납하지 않았다.

누군가가 나를 시인이라고 소개하자 그녀가 명함 한 장을 꺼내 주었다. 마침 선생도 파리에 간다며 그곳에서 만나자고 했다. 다음 날 2년 동안의 뉴욕 생활을 끝내고 나는 파리로 떠나왔고 정확하게 5일 후 약속대로 그녀를 루브르 박물관 앞에서 다시 만날 수 있었다.

선생은 나를 보자마자 몹시 못마땅해했다. 내 손에 들린 쇼핑백 때문인 것 같았다. 아무튼 선생을 따라 나는 단번에 파리의 핵심으로 들어갈 수 있었다. 카페와 좁은 골목과 예쁜 가게 들, 그 사이로 이어지는 다리를 함께 걸었다. 생제르맹데프레의 카페 '레 되 마고'에서 에스프레소를 마시고 조르주 상드의 조각상과 사르트르의 장례식이 거행되었던 성당을 지나 뤽상부르 공원과 센강을 따라 고서점 길을 걸었다.

그녀는 김환기 선생과 함께 살았던 노트르담 성당이 있는 시테섬에도 데려갔다. 그리고 마지막 날엔 소르본 대학 앞에서 저녁 식사를 했다.

"사람의 몸속에 그렇게 많은 눈물이 있는 줄 몰랐지." 수화 김환기와의 이별을 얘기할 때였다. 헤어지며 나도 무언가를 한 가지만 대접해 드리고 싶다 하니 '지탄'이라는 담배를 한 갑 사 달라고 했다. 독한 담배 중에서도 독하다는 '지탄' 담배갑에는 하늘색 집시가 춤을 추고 있었다.

파리에서 약속한 대로 선생은 얼마 후 프랑수아즈 질로가 쓴 『피카소와의 사랑』을 부쳐 주었다. 나는 흰 목면의 내의를 소설가 김지원 편에 보내 드렸다. 그리고 다시는 만나지 못했다.

파리에 갈 때마다 카페 '레 되 마고'에 앉아 에스프레소를 시켜 놓고 피울 줄 모르는 담배 '지탄'을 사서 피워 물곤 한다. 어떤 향기처럼 뮤즈의 채취처럼 루 살로메처럼 조르즈 상드처럼 선생을 떠올린다. 노천카페의 탁자 위까지 겁 없이 날아온 참새들을 바라보며 한국의 두 천재 예술가의 그림자가 깊이 각인된 뮤즈를 뉴욕과 파리의 하늘 아래서 만난 것이 꿈이 아니었나 하는 생각에 순간 어지럼증을 느낀다.

"그는 가장 천재적인 일생을 마친 사람이다. 그가 살다 간 27년은 천재가 완성되어 소멸되기에 충분한 시간이었다."

김환기 이전에 함께했었던 시인 이상에 대한 그녀의 술회였다.

밤하늘에 무수히 떠 있는 점들을 그려 놓고 수화 김환기는 시인 김광섭의 시를 빌려 이런 제목을 달았다. '어디서 무엇이 되어 다시 만나랴.'

잊을 수 없는 한 아름다운 얼굴!

어디서 무엇이 되어 다시 만나랴.

자, 내 위에 앉으세요

　삶에 상처 입고 슬픔에 빠졌을 때 와야지 하고 마음속에 새겨 둔 곳이 있다.

　미국 캘리포니아와 네바다주에 걸쳐 있는 데스밸리. 이름대로 이 죽음의 계곡은 어떤 슬픔도 다 표백시킬 수 있을 만큼 메마른 곳이다. 더구나 가까운 곳에 아름다운 폐허 모하비사막이 있다. 길 잃은 사람들에게 이정표가 되어 주었다는 조슈아나무와 고속도로를 굴러다니는 마른 회전초들, 밤이면 쏟아지는 푸른 별들이 더없이 황홀한 곳이다.

　그곳에서 태어난 시인을 만났다. 포레스트 갠더! 미국의 풀리처상 수상 시인이다. 서울국제작가축제에 초대 시인으로 그가 온 것이다. 우리는 금방 친해졌다.

　쿠바 시인 로드리게스와 베를린 축제를 주제하는 율리히

슈레이버와 함께 동대문시장 뒷골목 허름한 식당에서 두부찌개를 먹으며 많은 얘기를 나누었다. 최근 좋아하는 시인이 에드몽 자베스와 로버트 크릴리라는 것도 서로 일치했다. 그는 내가 에드몽 자베스의 시집 『예상 밖의 전복의 서』를 특히 좋아하는 데 놀라워했다.

행사를 앞두고 언론사와 인터뷰할 때였다. 서로의 문학 세계와 자연과 인간의 문제, 어린 시절의 경험을 나눈 후 드디어 사진 촬영을 했다. 카메라 앞에 포즈를 취하다 말고 그가 갑자기 앞에 놓인 의자 위에 누웠다.

"늘 서서만 찍는 것은 지루해요. 자, 내 위에 앉으세요."

곁에 있던 모두가 깜짝 놀랐다. 얼른 그를 만류했다.

"사람을 깔고 앉는 것은 한국 사람의 태도가 아닙니다."

그 순간 머릿속에 수천 장의 필름이 돌아갔다. 이 절묘한 순간을 놓칠세라 그의 가슴팍 위에 엉덩이를 올리고 말았다. 사진기자의 카메라에서 찰칵! 소리가 우박처럼 쏟아졌다. 와불(臥佛)처럼 누운 채 그는 크게 웃었다. 한 경지에 이른 자유분방! 얻을 것도 잃어버릴 것도 더 없는 환한 허심탄회!

하지만 엉덩이를 올려놓은 나는 달랐다. 재미있는 듯이 웃으며 이 장면을 즐기는 척했지만 수많은 생각이 바윗덩이처럼 굴러왔다. 저 호남 땅 모악산에서 증산교의 법통을 이을 때 강일순의 아내 고수부(高首婦)의 굿판까지 떠올랐다. 100여 년 전 수부 고판례는 남편 강일순의 배 위에 올라타 칼을 들고 외쳤다.

"사람이 하늘이다."

"남자도 여자도 똑같이 하늘이다."

어떤 시에서 나를 시 귀신이라 부른 김지하 선생은 이 굿판을 꼭 시로 써 달라고 특별히 주문했었다. 페미니즘의 역사를 프랑스나 미국 등 서양에서 찾지 말라고 그는 거듭 강조했다. 그리고 오늘 남자 시인 위에 나는 앉았다! 아니 미국 시인의 가슴 위에 앉았다. 한국 여성 시인의 내면에 이런 돌덩이가 있다는 것을 그는 꿈에도 상상하지 못하리라. 결국 나는 시선(詩仙)이 못 되고 그저 한 많은 시귀(詩鬼)임이 틀림없다.

절묘한 장면을 선물한 포레스트는 말했다. 시는 윤리(ethics)라는 것이다. 이를테면 피노체트 정권의 학살을 다루면서 잔혹하게 죽은 어린아이를 자세히 묘사하지 않고 은유적으로 쓰려 노력하는 태도가 시라는 것이다. 그 자체가 인간으로서 해서는 안 되는 참혹한 비극이라는 것이다. 다음 날 신문에는 "무기의 언어에서 악기의 언어로"라는 기사 제목하에 포레스트와 내가 함께 웃고 서 있는 장면을 실었다.

초대받아 온 작가 중에 영화감독이자 소설가인 아틱 라히미와도 짧지만 좋은 대화를 나누었다. 아프가니스탄 출신으로 프랑스에서 활동하고 있는 그는 공쿠르상 수상자이다. 그의 작품 「인내의 돌(The Patience Stone)」은 독특하고 경이로웠다. '어떤 여인의 고백'이란 제목으로 나온 한국어판을 보며 시종 번역 제목이 거슬렸다.

침묵의 돌을 부서뜨리는 여인의 끝없는 고백의 말!

"돌에게 말하라. 어느 날 돌이 부서진다!" 아프가니스탄 신화에 나오는 이야기라고 한다.

부상당한 남편을 숨겨놓은 여인의 방에 적군이 총을 들고 들어왔다.

"혼자인가?"

여자는 고개를 저었다.

"둘이 있어요…… 신과 둘이."

그리고 또 다른 대사!

"사랑을 잘하는 남자가 전쟁도 잘할 수 있다."

절망이나 슬픔에 빠졌을 때 다시 데스밸리를 떠올릴 것이다. 아름다운 모하비사막에 쏟아지는 푸른 별들을 떠올릴 것이다. 길을 잃고 유랑하는 사람들에게 이정표가 되어 주는 조슈아나무가 서 있는 곳. 씨앗을 품고 사막을 떠도는 마른풀더미 회전초가 있는 곳.

무엇보다 그곳은 대자연처럼 자유로이 내 앞에 누웠던 시인 포레스트 갠더의 고향이다.

괴테의 장수

　시인 발레리가 괴테를 찬양하는 글에서 괴테가 천재가 된 데에는 그의 장수가 한몫을 했다고 한 대목이 있다. 괴테는 한 세기에 해당하는 시기를, 그것도 인류의 정신사 가운데 가장 중요한 전환기를 살면서 온갖 역사적 자양을 유유자적하게 종합할 수 있었는데 그것은 순전히 그가 살았던 긴 생애자체가 바로 그 내용이 되었기 때문이다. 예술에서는 흔히 요절한 천재에 대한 동경이 많지만 문호나 거장을 보면 뜻밖에도 장수를 누리면서 업적을 산맥처럼 쌓아 올린 경우가 참 많다. 장수는 생명이 누려야 할 축복 가운데 가장 큰 축복임이 분명하다.

　예술가뿐 아니라 인간이라면 누구나 지상의 삶을 오래 누리고 싶어 한다. 그런 의미에서 평균수명이 늘어난 이 시대의 사람들은 행운의 시대를 사는 셈이다. 지금 생각하면 어이 없지만 30세가 되면서부터 나는 내가 늙었다고 생각했다. 잉게보르크 바흐만의 수필『삼십 세』에도 그런 구절이 있긴 하다. 30세가 되면 늙었다고 할 수 없지만 젊다고 우기기에는 어딘가 자신이 없어진다는 것이다. 40세에도 그랬다. 마흔은 불혹(不惑)이라는데 불혹은커녕 사방에 혹들이 널려 있어 당혹한 모습으로 살았다. 다만 혹(惑) 앞에서 조금 당황하지 않는 자신을 발견하며 젊지도 늙지도 않은 40대를 보냈다.

50세는 콩떡 같았다. 뷔페 상 위에 놓인 콩떡은 말랑하고 구수하고 정겹지만 선뜻 누구도 손을 내밀려고 하지 않는다고 썼다. "진종일 돌아다녀도 개들조차 슬슬 피해 가는/ 이것은 나이가 아니라 초가을이다."라고 「오십 세」라는 시에서 나는 탄식했었다. 하지만 요컨대 나이란 나이일 뿐이었다. 지금 생각해 보면 그 좋은 나이 쉰을 콩떡이라 했다니 쓴웃음이 나온다. 한마디로 시간은 언제나 새것이다.

최근 주위의 한 여성이 작은 충격을 주었다. 뉴욕 시절 가까이 지낸 무용가인데 결혼을 한다고 알려 온 것이다. 신랑이 누구냐고 묻는 나의 질문에 그녀는 한 살 연하라고 했다. 가만있자…… 그렇다면 신랑은 69세다. 그녀는 말했다. 사람은 나이 들수록 늙어 가는 것이 아니라 퓨리파이(purify, 정화)하는 것이라고. 70세 신부를 축하하다 말고 슬며시 미소를 지었다. 나이만 생각하다가 두 사람의 사랑을 못 볼 뻔했던 것이다. 신랑의 나라인 독일을 한 달간 다녀왔다며 그녀는 노년의 사랑이 생각보다 뜨겁고 자유롭다고 말했다.

99세 할머니가 낸 첫 시집이 70만 부나 팔려서 일본 열도를 흔든다는 뉴스를 보고 그녀의 시를 꼼꼼히 읽어 보았다. 문학성을 논하기에 앞서 시적인 요소가 깨소금처럼 박힌 소박한 언어와 자연스러운 가락이었다. 천재 괴테를 만든 것이 그의 장수였고 또한 그가 살아온 역사적 전환기가 문호를 만든 일대 자양이었다면 99세 할머니 시인의 시적 자양은 넘치도록 충분한 인생 그 자체일 것이다. 첫 남편과의 결혼과 이혼, 또 한 번의 결혼과 아이를 낳아 기르며 겪은 온갖 곡절들이 풍성한 시의 재료들이다. 한 세기에 가까운 시간을 사는 동안 경험을 비축한 그녀는 시를 쓸 수밖에 없었을 것이다.

나는 끊임없이 풍성해 가고 있다. 슬픔, 상처, 고통으로 배가 터질 듯 부르다. 놀랍게도 이것이 싫지만은 않다. 목숨이란 순간을 피우는 꽃, 시란 그 아름다움을 포착한 언어의 꽃일 테니.

매미가 되어

전화를 받는 순간 뮤즈의 정원에 초대받은 듯했다.

막막한 폐허에서 홀로 쓴 나의 시들이 머나먼 스웨덴까지 건너가 어떻게 심사위원들의 가슴을 두드렸을까 생각하니 더욱 그랬다.

"이 상이 좋은 상인가요? 수상 통보가 잘못 갔습니다라고 하지는 않겠지요?"

갑작스러운 소식에 어리둥절한 반응을 보이는 나에게 번역원 관계자는 웃으며 대답했다. "매우 중요한 상입니다. 한국 시인으로 수상자가 되신 것 정말 축하드립니다."

얼마 후 스웨덴 대사의 식사 초대를 받게 되었다. 그 전에 스웨덴 시인 토마스 트란스트뢰메르의 시집을 다시 읽은 건 다행한 일이었다. '기억이 나를 본다'라는 제목으로 나중에 우리나라에 번역되었지만 원래 제목은 'For the Living and the Dead'이다. 오래전 핀란드의 시인 겸 평론가 유카가 선물한 시집이다.

라르스 바리외 대사는 마침 나와 동갑내기였고 시인이었다. 교토 대학에서 하이쿠로 박사를 받은 그는 영어는 물론 일본어도 완벽하게 구사할 수 있었다. 탁월한 외교관으로서 그가 시카다상을 설명해 주었다.

시카다는 '매미'를 뜻한다. 2차세계대전 후 핵미사일이 투하된 히로시마의 폐허에서 최초로 생명의 울음을 들려준 매미를 상징한다. 1974년 노벨 문학상을 받은 시인 하뤼 마르틴손 기념재단에서 주는 상으로 '생명의 존엄을 노래한 시인'에게 수여한다고 했다. 하뤼 마르틴손은 원자폭탄으로 빛이 없는 땅이 되어 버린 곳을 탈출하는 8000명의 인간들을 실감 나게 그린 작품 『아니아라』로 노벨 문학상을 받았다. '아니아라'는 'nothing'이라는 의미로 반생명적인 원자탄의 비극을 그린 서사시다. 그는 노벨 문학상 심사위원들에게서 "빗방울을 잡고 우주를 반영하는 글"이라는 극찬을 받았다.

시카다상 수상 이후 스웨덴에서 번역 시집이 나왔다. 스웨덴 스톡홀름 대학 등에서 시 낭송을 할 기회도 가졌다. 스웨덴은 노벨상의 나라로 알려졌지만 그보다는 해양의 나라다. 가장 볼만한 곳이 배 박물관이었는데 마침 나는 갈 수가 없었다. 세월호의 상처가 극심할 때였다. 한국 대사관에는 추모를 위한 공간이 마련되어 있었다. 생명의 존엄을 일깨우자는 취지의 시카다상이 새삼 소중했다.

매미는 5년에서 17년을 땅속에서 견디다가 지상으로 올라와 길어야 한 달 정도를 울다 간다. 시인은 울음 전문가다. 더 슬프게 세상의 슬픔을 대신 울어 주기 위해 더 깊이 어둠의 시간을 견디는 존재가 시인이다.

다시 책상, 나의 모어 (母語) 앞에

나를 말하는 것은 생각보다 길고 멀기만 한가. 어떤 공간은 언어화하는 순간 전혀 새로운 모습으로 돌변하기도 하는가. 언어 밖의 무한한 세계. 공허는 쓸수록 가득한 것 같다. 언어가 가두고 제한해 버린 진실 또한 어디로 갔는지 막막하다.

나는 다시 번개가 되고 싶다.
뜨거운 질문이 되고 싶다.

완성에의 갈망은 또 하나의 본성으로서 미완성, 불완전, 열등감, 젊음 등에 대한 욕구라는 곰브로비치의 문장이 나를 거든다. 지나온 젊음이란 소중한 가치이지만 악마의 발상임이 분명한 어떤 독특함도 지닌 것이어서 미달, 불충분, 저개발을 품고 있기에 인간과 더 가까워 보인다는 데 공감한다. 결국 불완전을 말하다 보니 자기 미화, 자기도취가 적폐처럼 놓여 있음을 본다.

낯선 세계에서 경주마들처럼 만난 치열한 부딪침과 생생한 정직이 그립다. 그리고 시대의 언어는 또 다른 허위와 배반을 내뿜는다.

나는 다시 책상 앞에 앉는다.
몸속의 리듬에 귀를 기울인다.

모어가 기다리는 책상에 고독이 그림자처럼 함께 숨 쉬고 있다.

나만의 불꽃을 향해 천천히 옷을 벗는다.
시의 나라는 영원히 젊다.

시의 나라에는
매혹의 붉꽃들이 산다

1판 1쇄 찍음 2020년 2월 14일
1판 1쇄 펴냄 2020년 2월 21일

지은이   문정희
발행인   박근섭, 박상준
펴낸곳   (주)민음사
출판등록   1966. 5. 19. (제16-490호)
주소   서울시 강남구 도산대로1길 62
            강남출판문화센터 5층 (06027)
대표전화   02-515-2000 팩시밀리 02-515-2007
www.minumsa.com

ISBN 978-89-374-1898-3 (03810)